Las Gárgolas de mi Mente

Narrativa

de

Soco Uribe

Las Gárgolas de mi Mente

Narrativa de:

Soco Uribe

socouribeestrella@hotmail.com

Portada: Acuarela pintada por Miguel Ángel Sánchez Mireles especialmente para este libro.

Diseño: JA Cuevas Leree

ISBN 978-607-29-1773-6

Las Gárgolas de mi Mente

Narrativa de

Soco Uribe

AGRADECIMIENTOS

Sentir gratitud y no expresarla,
es como envolver un regalo y no darlo.
William Arthur Ward

Agradezco a mis compañeros del taller literario Diezmo de Palabras, de Celaya, Gto., por el enérgico correctivo aplicado a mis letras.

Un enorme agradecimiento a mi amigo y artista plástico Miguel Ángel Sánchez Mireles por reflejar, tan acertadamente, en una maravillosa acuarela la idea preconcebida para ilustrar la portada de este libro.

Y por último, pero de suma importancia, mi total agradecimiento para Antonio Cuevas por la edición, el diseño, el entusiasmo, así como por el apoyo moral para hacer realidad este libro.

PRÓLOGO

Hablar de arte es hablar de las más bellas manifestaciones del ser humano. Hablar de artistas es hablar de personas de gran sensibilidad, capaces de darle forma y vida al arte, así como lo es nuestra autora, Soco Uribe: geóloga, fotógrafa y escritora. En su faceta literaria domina por igual la poesía y la narrativa. Sus letras están llenas de emociones. Con la correcta unión de ellas forma creaciones que son el resultado de sueños y recuerdos; de magia y fantasía; de la observación de las personas que la rodean y la percepción de sus sentimientos. La suma de sus escritos constituye un nutrido compendio, el cual ya le ha dado vida a otros títulos, como *Desde lo Profundo* y *Hoja por Hoja*. Su repertorio es tan basto, que ahora, las piezas seleccionadas componen ésta, su nueva obra: *Las Gárgolas de mi Mente*, dedicada por completo a la narrativa.

Las gárgolas, esculturas generalmente de forma grotesca, eran las protectoras de iglesias y palacios. Su uso práctico era el verter el agua de la lluvia de los techos y tejados. Por lo tanto, las gárgolas de la mente es la mejor forma de volcar y difundir las ideas, miedos y sueños.

Entre las hojas de éste libro encontraremos un conjunto de textos impregnados del estilo característico de Soco Uribe: libre, fresco y fluido. Con él nos relata historias que logran despertar la gama de emociones que es inherente a un buen lector. Empatía, alegría o tristeza surgen al leer las piezas elegidas. El género de las mismas va del drama a la comedia; de la realidad a la fantasía, ya que la pluma de la autora se desliza sin tropiezos sobre cualquiera de ellos.

Mi Santo Hermano, es el título de uno de los textos que componen esta aventura literaria. En él, como en todas las composiciones que se nos presentan, resalta el toque emotivo y humano con el que se forma el hilo conductor que siempre nos lleva a un desenlace ingenioso e inesperado.

Adentrase entre las siguientes páginas es aprovechar la nueva oportunidad que no brinda la escritora para compartir su palabra impresa; una oportunidad que no se debe dejar pasar, ya que su ingeniosa narrativa lograra tocar las fibras internas de quien la lee. Disfrutemos pues de *El Inquisidor*, *Traficante de Sueños*, *Demasiado Tarde* y otros relatos. Según las palabras de nuestra autora, Soco Uribe: "Hay libros que dejan sin aliento".

Éste, *Las Gárgolas de mi Mente*, por su gran calidad de escritura y su interesante contenido, es uno de esos libros, que dejan una huella en la mente y en el corazón.

Javier Alejandro Mendoza González
Julio de 2019

CONTENIDO

Desde la oscuridad de su recámara, María escucha una voz que le susurra al oído frases que la inquietan. Despega la cabeza de su almohada y voltea hacia todos lados. Lo único que logra ver son las siluetas de las cortinas de la ventana que propinan sin clemencia una serie de latigazos al cristal. Piensa que estaba soñando cuando esa voz la despertó. Se acomoda de nuevo en su cama, pero ahora boca abajo. Cubre su cuerpo con la ligera sábana de color lila y vuelve a conciliar el sueño. De nuevo, la inquietante voz emite frases inquisidoras que hieren su corazón, paralizan sus sentidos, la insensibilizan y de esta forma dirigen su vida hacia una zozobra constante y desmedida.

Esta vez, se incorpora, cierra la ventana y pregunta con voz sollozante:

—¿Quién eres, qué quieres de mí?

—Soy tu peor enemigo. Quien roba tus motivos de vida.

—¿Pero, te conozco?

–No, aunque desde tu nacimiento estoy a tu lado. Soy el que te toma de la mano y te transporta hasta mis infiernos.

–¡Ah, maldito!. Empiezo a reconocerte. ¿Eres quien me habla cuando más tranquila estoy y lo arruinas todo?

–Así es. Deseas abandonarme continuamente, pero no permito que me dejes.

–¡Sí, lo deseo a cada instante! pero… me tienes atrapada. Por más que lucho, no sé cómo deshacerme de ti.

–Lo sé. Nuestra batalla es constante. Mi alimento es tu sufrimiento y éste mi recompensa. Tu nombre sale de mi boca a cada instante. Estoy cansado y tú eres la única persona que la puedes acallar.

–¡Maldita sea! Eres la voz que me llama por mi nombre. Pero, no me has dicho el tuyo.

–Me llamo Menosprecio.

Entonces, María comprendió el mensaje. Abrió de nuevo la ventana de su habitación. Subió hasta la cornisa y su largo camisón color de rosa salió volando junto a los lienzos color lila de las cortinas.

DEPREDADOR

Antes del anochecer, Trevor recibió la noticia de que a su hermano y a su padre los habían encontrado muertos esa mañana en su domicilio. Quedó perplejo. De la noche a la mañana, se convirtió en el último descendiente Hunter. De inmediato, se desató en su mente una turbia cascada de recuerdos. Estando en las afueras de la ciudad, muy lejos de la casa familiar, se dio cuenta que se encontraba vagando sin rumbo fijo. No entendía porqué había llegado hasta ahí. La noticia constriñó sus impulsos de correr por el sinuoso sendero, atravesar el enorme parque y llegar a la estación para alcanzar el último tren que lo llevaría de vuelta a casa. Hubiera sido su opción más viable. Sin embargo, no lo hizo así. En esos momentos era cuando deseaba verse inmerso en esas amnesias continuas que lo sacaban fuera de este mundo. Ese trastorno que le permitía disfrutar del momento sin resentimiento ni recuerdo alguno. La oscuridad apareció con sus sombras fantasmagóricas reflejadas por doquier. Continuó caminando en busca de su presa más valiosa. Reconoció el lugar de siempre y se detuvo.

Desgarbado, recargó su espalda contra la pared, encendió un cigarrillo, sacó de su bolsillo el prontuario y con toda la calma del mundo hizo algunos apuntes. Luego lo guardó de nuevo y esperó con tranquilidad. Su desfachatez al considerarse un hombre de respeto, rayaba en lo absurdo. Conocía a la perfección su capacidad de conducir a paroxismos de dolor a todo aquel con el que se topara. Nada en él, era laudable. Al contrario, sus actos eran reprobables y hasta aborrecibles. De pronto, escuchó el taconeo de una mujer que deambulaba por la calle. La siguió con la mirada de un depredador. Sigilosamente se le acercó, se abalanzó sobre ella y la besó con una furia incontrolable. La mujer contestó a su arrebato con la misma pasión que su agresor hasta alcanzar el éxtasis deseado. Luego, abrazados, caminaron por la calle y ella con reticencia le dijo al oído:

—Hoy mataste dos pájaros de un tiro. Sabía que lo harías.

—¡Tres, mi vida, tres! Aún no se acaba el día.

En ese mismo instante, las campanadas de media noche del Big Ben acallaron el disparo que convirtió a Trevor en uxoricida.

Con voz entrecortada y llorosa, mi hermana me abrazó con fuerza y me preguntó.   –¿Pero, dónde has estado todo este tiempo?

–Fui con mi compadre y su familia a buscar tesoros con nuestros detectores de metales a la hacienda de Los Azufres. Nada más que ellos se quedaron en el camino. -respondí.

–¡No entiendo!, ¿dónde dices que se quedaron?

–En otra de las haciendas que hay en el camino. Pero, yo me adelanté para pedir ayuda, porque se nos descompuso la camioneta y como vienen con los niños, caminan más lento.

–Pero hermano, ellos ya tienen un buen rato de haber llegado. Ya hasta agarraron su carro y se regresaron a México. Al preguntarles por ti, tu compadre dijo que los habías abandonado a su suerte. Es más, se veía entre enojado y asustado.

Mi hermana, con un aire de preocupación en el rostro, me invitó a pasar a su casa, me ofreció un vaso de agua y comenzó a interrogarme.

–A ver, cuéntame desde el principio todo el recorrido que hicieron. ¡Pero, cálmate! -me dijo al verme preocupado y hasta tembloroso.

En seguida, comencé a relatarle todo lo que recordaba diciendo:

–Hoy sábado, todos salimos de México en dos vehículos: el carro de mi compadre y mi camioneta van. Él, se trajo a su mujer y a dos de sus niños. Yo, a su suegro, pero durante el recorrido en carretera, jamás nos separamos.

Ya estando en Las Cenicillas, llegamos aquí a tu casa. Los que venían con mi compadre se bajaron del carro y, luego, tú misma viste que todos nos subimos a mi camioneta para irnos juntos en un solo vehículo.

En el camino, nos encontramos a un señor flaco, chaparro, de pelo entrecano y como dicen en los ranchos, muy entrado en años, a quien yo le calculé unos setenta otoños. Le preguntamos por dónde quedaba la hacienda de Los Azufres.

Nos respondió, que él iba precisamente ahí. Se me hizo raro, pues se supone que esa hacienda estaba abandonada; sin embargo, pensé que podría ser el velador encargado de esa propiedad. Con eso de que ahora les ha dado a los millonarios arreglar haciendas para rentarlas en eventos, mi juicio no era tan descabellado al creer que ese hombre estuviera cuidándola. Pero, sólo eran especulaciones mías.

Se ofreció a guiarnos y accedimos gustosos, pues ahorraríamos mucho tiempo yendo directo al sitio que buscábamos, ya que la tarde comenzaba a caer. Además, si él nos llevaba, tal vez nos daría permiso de pasar nuestros detectores en la hacienda y sus alrededores.

Entonces, don Eligio, el suegro de mi compadre, se pasó para atrás con los niños para que nuestro guía se subiera a la camioneta y se sentara junto a mí. Eso me facilitaría captar las indicaciones precisas para llegar más rápido.

Al momento de subirse a la van, sentí un frío extraño en la columna, pero creí que había sido un chiflón de aire, por abrir las dos puertas de la camioneta al mismo tiempo. Pero, pensándolo bien, era imposible. Mi espalda estaba pegada al respaldo del asiento y por ahí no pudo haberse colado el aire invernal del exterior.

Sin ahondar más en ese detalle, arranqué el vehículo y fuimos platicando todos menos el silencioso señor. Le pregunté su nombre y respondió en muy quedito que se llamaba Caín. Extraño nombre para un católico, pensé, pues vi que traía un escapulario café colgando sobre el pecho.

Por fin llegamos a la hacienda y nos bajamos del auto todos, menos la esposa de mi compadre. Se sentía cansada, le dejé las llaves y se quedó dentro del carro. Sacamos nuestros detectores de la van y le preguntamos al silencioso señor, si era posible pasar nuestros aparatos por la hacienda. Asintió con un solo movimiento de cabeza y sin expresión en el rostro.

Comenzamos a recorrer el terreno mi compadre y yo, haciendo flotar los detectores sobre cada metro de la superficie y trazando una malla imaginaria sobre el terreno, para asegurarnos de no dejar ni un solo espacio sin detectar.

Mientras tanto, los niños y don Eligio merodeaban entre los árboles recogiendo piedritas cuando, de pronto, detuvieron sus juegos y se quedaron los tres muy quietecitos. Los niños abrazaron a su abuelo de las piernas y ya no se movieron de dónde estaban. Esto sucedió casi al mismo tiempo en que terminamos de detectar el lugar sin éxito alguno.

Al reunirnos con ellos, nos dimos cuenta de que uno de los niños, se había zurrado en los calzones y el viento hacía llegar el olor hasta nosotros. De inmediato, su abuelo lo disculpó al decir que el incidente se debió a que el niño se asustó al ver que unos murciélagos estaban revoloteando sobre la cabeza del desconocido señor. Los dos chamacos permanecían callados y se veían temerosos. Yo les dije que eso no era posible, pues los murciélagos le temían al sol y, tal vez, lo que habían visto eran sólo pájaros.

Caín, el silencioso, al ver que no tuvimos éxito, se acercó y nos dijo que él sabía dónde podríamos encontrar oro. Nada tonto, bien sabía a lo que le tirábamos.

Lo cierto es que antes de venir a la hacienda, mi compadre y yo, nos documentamos, en algunos libros de historia, acerca de las diversas formas en que los hacendados habían dejado escondidos sus tesoros bajo tierra o en las paredes de sus viviendas, al no poder cargar con ellos cuando huyeron de las revueltas y saqueos que se desataron en varias partes del país durante la Revolución Mexicana. Y la verdad, eso era lo que andábamos buscando… tesoros.

En fin, regresamos a la camioneta, pero ahora el hedor del niño se había tornado intenso. A pesar de que su abuelo lo había limpiado lo mejor que pudo y tiró los calzones en el camino, dejando al pobre chamaco *a raíz,* como decían los abuelos de antes cuando se quedaba uno sin esa prenda.

Mi comadre, quien se había quedado encerrada a piedra y lodo en la van, de inmediato nos pidió que regresáramos a La Cenicilla pues, entre el mal olor de su hijo y el fuerte dolor de cabeza que le estaba dando, su petición se volvió súplica. Nos rogó que saliéramos de inmediato de ese lugar. Sin embargo, mi compadre se negó y le dijo que, por último, todos iríamos a otro sitio, a soló unos cuantos kilómetros de ahí para pasar el detector en una vieja casona que Caín nos había sugerido y al finalizar, volveríamos para que yo los dejara en su carro.

Ella nos comentó que ese señor le daba miedo. Por el retrovisor, había visto que no se despegó de la parte trasera de la *van*, ni por un solo instante, mientras nosotros estuvimos ausentes. Y no se explicaba cómo, de repente, lo vio llegar con nosotros por el lado contrario de donde estuvo siempre.

Mi compadre le pidió a su mujer que se tranquilizara, pues al llegar al sitio en donde ella se había quedado, él no vio a nadie detrás de la camioneta.

Sin escuchar súplica alguna, con mi ambición y la de mi compadre por delante, nos subimos al vehículo. Le pedí a Caín que nos acompañara al último sitio que nos propuso, pero la tensión se dejó sentir de inmediato. Puesto que todos, incluso mi compadre, después de un rato de avanzar en nuestro camino se empezaron a desesperar por el mal olor, la sed, el hambre y el miedo que su mujer y los niños le tenían ase desconocido.

De pronto, con un grito enérgico, la asustada mujer me exigió detener la camioneta y, en seguida, todos se bajaron dejándonos a Caín y a mí solos.

Apagué el motor. Salí corriendo detrás de ellos y por más que les rogué que se quedaran, no me hicieron caso. La esposa de mi compadre le comentó al oído algo de lo que jamás me enteré. Su suegro hizo lo mismo y los niños comenzaron a llorar. En pocos segundos, los vi alejarse y desaparecer entre los matorrales. El sol comenzó a ocultarse y la luna llena hizo su triunfal aparición.

Regresé a la camioneta. Caín permanecía sentado en el lugar del copiloto como una estatua, ni siquiera volteó a verme. Quise encender el motor y éste no encendió. Traté de nuevo, sin respuesta positiva. Caín me propuso caminar hasta la casona que, según él, ya quedaba cerca y accedí.

Bajamos del auto y, para cortar camino, recorrimos una vereda más angosta hasta vislumbrar la antigua casona. No obstante, conforme nos acercamos, no me pareció tan antigua.

Atravesamos una cerca, no muy alta, hecha con piedras encaramadas de color negro y fue, en ese lugar, donde Caín con una voz aguardentosa, que no era la suya, me dijo:

–Ahí, donde se ve que brincan unas bolas de fuego, ahí está el oro. –me señaló la dirección, apuntando con el índice.

Eufórico, volteé a verlo para darle las gracias, pero su rostro me dejó pasmado. Sus ojos vidriosos se tornaron rojo brillante. Estaban sumidos más de lo normal dentro de las oscuras cuencas oculares de su cadavérico rostro. Permanecí paralizado, por unos momentos. Mientras él desaparecía volando, como un murciélago, entre las sombras de esa noche de luna llena.

Aterrorizado, salí huyendo de ahí. Corrí y corrí, sin rumbo fijo. Había perdido la noción del lugar en que había dejado mi camioneta, hasta que por fin la encontré. Entré de un salto, me encerré en ella y, tembloroso, traté de encender el motor. Nunca encendió. Entonces, me bajé y caminé apresurado, para ver si aún alcanzaba a mi compadre y a su familia en el camino. Pero, no fue así, pues a duras penas recordaba por dónde nos había metido el tal Caín. Aunque, gracias a la virgencita de Guadalupe, aquí estoy sano y salvo.

¡Ay hermana!, éstas doce horas de mi existencia no las voy a poder olvidar, mientras Dios me preste vida.

–Pero hermano, si ya pasaron seis años desde el día en que te encontramos muerto en esa casona, por allá por Los Azufres. ¡No lo entiendes! Ya ves, no te sirvió de nada encontrar el oro. Al final, todo se lo quedó el gobierno, disque incautado.

¡Por favor, Abel!, ya quédate en el lugar a donde perteneces. Ya no regreses a perturbarme más. Año tras año, se repite lo mismo.

Yo, como siempre, cada noviembre te traigo veladoras y flores de cempasúchil al cementerio de La Cenicilla, rogando a Dios ya no escuchar de nuevo tu versión de lo pasado.

Y tú, año tras año, regresas a atormentarme con la misma historia. ¡Mejor, descansa en paz, querido hermano!

EL TÍO RÓMULO

–¡No me lo puedo perder! -dijo el tan conocido tío Rómulo al invitarlo su compadre a un velorio donde habría mucha comida y alcohol en Chichismiquilpan, Edo. del Léxico.

Ambos se dirigieron hacia ese pueblo. Al llegar, trataron de entrar al domicilio del difunto, cuando empezara la rezadera para no hacerse notar, ya que su compadre era él único conocido de la familia.

Mas, sin previo aviso, ni invitación alguna se les apareció el Diablo quien sabía perfectamente que el tío sólo venía atraído por el festín y sin ningún ánimo de condolerse por los deudos o por la partida del difunto al cual ni siquiera conocía. Él sólo comería, bebería y regresaría a su casa para dormir.

Lucifer, entonces, se le acercó y le dijo:

–¡Eyy, Rómulo!, ¿qué te parce si al acabar el velorio de Pancracio nos salimos juntos y en el camino nos echamos otros tequilitas? Porque, la verdad, sólo tú me aguantas el paso.

–¡Claro que sí! -respondió halagado.

Horas más tarde, él y su compadre presentaron sus condolencias a la viuda y salieron muy gustosos y con las panzas rasas y hasta brillosas de tan estirado que se les puso el cuero por tanta comida y bebida.

Iban tarareando una canción de Juanga, abrazados y serpenteando por el camino cuando, de pronto, se les apareció la Huesuda exigiéndole a Rómulo que dejara en paz a su inseparable compañero, el Demonio, y que se largara a su casa. En esos momentos, su compadre, a pesar de estar muy tomado, al ver a la Muerte tan cerca, salió corriendo y hasta la borrachera se le quitó. Mientras que el tío sin preocuparse por el enfrentamiento con la Huesuda prosiguió con su necedad de echarse unos traguitos con su adversario, tal como lo habían pactado.

—¿Y, por qué crees que voy a hacer eso? -dijo mi tío indignado.

—Porque si no, luego con quién me junto para que me ayude a encandilar a las almas para llevármelas conmigo. Además, recuerda que a mí, últimamente, la gente me ha perdido el respeto; pero a ese canijo de Lucifer sí que le temen, además de tener millones de seguidores. Hasta parece grupero, el condenado.

—¿Y tú, qué me das a cambio, para que me aparte de él? -dijo Rómulo, rascándose la cabeza.

–Pues a cambio, te puedo dar un dinerito y ya no tendrás que ir de un lado a otro pidiendo trabajo y rogándole a tu dios no encontrar.

El tal Rómulo, arqueó las cejas y dijo para sus adentros:

–¡Pos la verdad… dadas, ni las guantadas hacen daño! Y, en seguida, exclamó sonoramente:

–¡Claro que acepto mi querida Huesuda!

En esos momentos, llegó el Demonio con el tequila, tan cacaraqueado y se les unió para seguir parrandeando.

Mientras tanto, continuaron su camino los tres juntos para echarse otros tantos tragos. Acabaron con la garrafa de galón que se habían traído de la casa del difunto y bebieron hasta perder la vertical y quedar tirados como fardos.

El tío, aún pensando en el lucrativo intercambio que harían, le preguntó a la Catrina que dónde estaba su dinero pues él ya había cumplido su promesa de regresarle a Lucifer sano y salvo, aunque un poco borracho, pero sin rasguño alguno.

–¡Mira Rómulo! -le dijo la huesuda- en la fosa que ya cavaron los sepultureros para depositar mañana a Pancracio, ahí te dejaré dos ollas de monedas de oro.

De repente y sin decir más, la muerte y el demonio se esfumaron como por arte de magia. Dejaron al tío hablando solo; pero éste, sin perder el tiempo, se dirigió de inmediato al panteón en busca del agujero donde reposaría el tan mentado difunto. Encontró la excavación y de un salto se lanzó al fondo, guiado por la avaricia. Ahí estaban las dos ollas llenas de monedas. Sin embargo, con la borrachera, le fue imposible salir sin ayuda y se quedó esperando a que alguien, por la mañana, le echara la mano para subir a la superficie junto con las dos pesadas vasijas.

La lluvia comenzó a caer y en unos cuantos minutos se convirtió en una lluvia torrencial. Esperó por horas y horas hasta que se quedó dormido bajo el torrente de agua que se precipitó durante toda la noche.

Por la mañana, aparecieron los sepultureros y encontraron a un hombre tirado en el fondo de la fosa, junto a dos vasijas llenas de monedas de oro. Se trataba de Rómulo quien, debido a la borrachera, se quedó dormido y murió debido a que el lodo, que resbaló de la superficie inclinada del panteón, le cubrió parte de la cabeza y llenó sus pulmones de agua.

Él no tendría velorio, ni rezos y mucho menos un festín para honrar su partida. Sólo era el tío Rómulo, sin apellido, a quien todos en su pueblo lo llamaban tío, de cariño, por no tener familia. En Chichismiquilpan, no obstante, era un perfecto desconocido. La fosa común fue su última morada.

Como quién dice: A tío ya muerto, ganancia de sepultureros.

A MI PEOR ENEMIGO:

Celaya, Gto., a 13 de febrero de 2017.

Estoy sentada frente a la computadora y he tardado un mundo de tiempo en poder atreverme a escribirte esta carta.

En primer lugar, no sabía si decirte todo lo que he sentido durante estos años, en los que las ofensas hacia mi persona han sido constantes.

No sabía si debía guardarme alguna o decirlo todo.

Además, quería conocer el motivo real para dirigirte esta carta. Me preguntaba, al mismo tiempo, si hacerla en la computadora o escribirla de mi puño y letra para darle más fuerza y veracidad. Pero, me he decidido y aquí estoy comenzando a decirte todo lo que siento.

Mi propósito más íntimo es que, con las revelaciones y reproches que te voy a externar, pueda limpiar mi alma de todos estos malos sentimientos que albergo en relación a ti. En realidad, te culpo de todo el mal que me has hecho, tal vez inconscientemente, pero al final el daño se llevó a cabo.

Recuerdo cuando era niña y me comparabas con mis hermanos. Para ti resultaban mejores estudiantes, más guapos, menos rebeldes, más queridos y aceptados por los abuelos y los tíos.

También, viene a mi mente cuando me decías que la profesión que quería estudiar no me daría para vivir. Pero, aún así, la amaba.

Te acuerdas todas las veces que me recriminaste al querer hacer algo nuevo y no podía hacerlo de óptima manera; me recalcabas lo inútil que era y que jamás lograría la perfección.

No olvidaré esa noche, en casa de mi tía Juanita, me pusiste un adjetivo que me da pena repetirlo en esta carta, por tan sólo querer volar y ser libre como el viento.

Por fortuna, llegó el momento en que no me importaron tus juicios. Entonces inicié el oficio de la escritura; desconfiabas de mi destreza y mis errores los remarcabas cada vez con más dureza.

Segura estoy que no te convenía que, por primera vez, no te hiciera caso y tratara de abandonarte, aunque fuera con la imaginación.

Sin embargo, me quedé y te reté. Comencé a borrar todos esos conceptos preconcebidos con los que me calificaste. Y, cuando te me acercabas al oído para criticarme, me enfrenté a ti y en lugar de fastidiarme como antes, me hacías más fuerte.

Ahora, sin embargo, te doy las gracias porque debido a la continua descalificación que vertiste sobre mí, soy la persona que soy.

Por último, quiero decirte que te perdono y que nada me debes. Al contrario, te agradezco toda la vida que has pasado a mi lado, aunque si este dolor lo hubiese canalizado por otro conducto, hubiese sido mejor para ambos.

Me despido de ti, mi peor enemigo.

Con gratitud, Soco Uribe.

PD: En este momento enviaré a mi correo electrónico esta carta para mañana, que es día del amor y la amistad, abrirla y perdonarme por todo lo que me he lastimado.

Sostenía mi mano izquierda sobre la suya, mientras su dedo índice recorría las líneas de mi palma, cuando de pronto, la alejó de sí y externó:

–Veo en tu mano que hay un corte en la línea de la vida -dijo al momento en que volteó a verme a los ojos, a través de sus enormes lentes de fondo de botella y prosiguió- tu vida se truncará a los cincuenta y tantos años.

–¿De verdad? –le pregunté, acercando un poco más los ojos a mi mano, como queriendo descifrar lo que él veía.

Hice cuentas en la mente y al ver tan lejana la fecha, sentí un poco de tristeza, ya que para el año dos mil, sería una anciana. Pensé que lo que me decía era de lo más normal, la gente no vivía tantos años. De seguro ni en sueños llegaría a disfrutar del próximo siglo.

–Gracias profe… -respondí con un dejo de incredulidad pero, a la vez, llena de preocupación y añadí- ¡Hasta el lunes!

Aquel viernes por la tarde, nuestro maestro de filosofía, de físico estilizado y ligero cual galgo esmirriado, nos dijo a los alumnos:

–Todo aquél que desee que le lea la mano, se puede quedar conmigo en el salón, al terminar la clase.

Muchos nos reímos de él. Pensamos que nos estaba cotorreando y sólo quería perder una hora más, mientras hacían su triunfal aparición los alumnos de la última hora de su otra clase, quienes casi todos los viernes huían despavoridos a disfrutar de su juventud de múltiples formas.

No obstante, la mayoría nos quedamos e hicimos una larga fila hasta que nos tocara nuestro turno de quiromancia. Otros se retiraron, ya que la doctrina cristiana que profesaban no les permitía acceder a ese tipo de juegos.

En fin, los que decidimos quedarnos, guardamos un poco de silencio para tratar de escuchar el chisme que le tenía preparado el maestro a cada uno. Sin embargo, era inaudible lo que el profe les decía a cada uno de su futuro.

Después de la lectura de mano, algunos salieron muy felices, mientras que yo salí muy pensativa.

Olvidé esa anécdota por varios años hasta que llegó el momento en que el nuevo siglo, tan inestable y brioso como un caballo salvaje, apareció ante mis ojos.

De aquí en adelante, cada año que pasaba, recordaba temerosa lo que aquel maestro me había augurado para mi futuro lejano que ahora se convertía en mi presente.

Un par de meses después de mi medio siglo de vida y por azares del destino, al volver a esa ciudad donde estudié, pasé al lado de la vieja escuela donde nos impartía su clase y recordé palabra tras palabra dicha por él, en aquel entonces: "Tu vida se truncará a los cincuenta y tantos años"

¡Qué horror, ni siquiera me había dicho un número exacto! Serían diez largos años de continuo suplicio. ¡Canijo maestro! Nunca debí pedirle que me leyera la mano, pensé con disgusto y arrepentimiento.

Me senté afuera del recinto para reponerme del funesto recuerdo. Después entré a preguntar si aún vivía y daba clase ese profesor a quien yo, a unos cuantos meses de haber rebasado los tres lustros de edad, lo había etiquetado como a un viejo. Ahí mismo me enteré, por algunos docentes, de que no lo era. En aquel entonces, sólo contaba con veintitrés años pero vestía como si fuera mayor.

Además, en recepción me comentaron que ya no daba clase. Se había convertido en un escritor muy afamado quien viajaba con frecuencia por todo el país y, recientemente, fuera de él.

–¿Afamado, entonces? -dije, acompañando la frase con un chasquido.

Me hubiera gustado encontrarlo para que me dijera que todo había sido un juego. Y que sólo lo hacía para pasar el tiempo con sus alumnos pero no fue así. Después de una semana, volví a mi rutina de vida, a la ciudad que alguna vez el escritor Carlos Fuentes llamó "La región más transparente", porque así lo fue. Mientras que, contrario a esto, también externó: "… transparencia del aire que no garantiza la transparencia de sus pobladores, amantes del disfraz…" En fin, regresé a mi trabajo en la capital.

Tres meses después, me enteré del cambio de planes que había hecho el Universo. Por medio de un amigo supe que mi antiguo profesor era el que había muerto a los cincuenta y siete. A tal grado me estremeció la noticia que, hasta la fecha, jamás volví a pedir que me leyeran la mano. Comprendí que la única verdad está marcada por… la mano de Dios.

EL HALLAZGO

Te juro que al sólo verlo de lejos, tuve un extraño presentimiento que llamó desmesuradamente mi atención. Logré hablarle y al finalizar nuestra conversación, me paralicé y no supe más de mí.

Aquel sábado, me dirigí al museo de San Ildefonso arrastrada por una corriente humana ávida de esparcimiento. Me lancé a través de la selva de concreto en un safari fotográfico, sin arma alguna más que mi cámara digital. Obtener algunas imágenes arquitectónicas era la intención primordial para realizar mi nuevo proyecto.

Me desplacé con premura detrás de un grupo de gente sobre la calle de Madero, en el Centro Histórico de la Ciudad de México, debido al arrear involuntario que ejercían sobre mí, los cientos de personas que caminaban a mis espaldas.

A pesar de que el sol estaba menguando y las sombras eran mis mejores aliadas para tomar también algunas escenas urbanas, el calor continuaba y parecía como si un fino rocío hubiese humedecido nuestros cuerpos durante el trayecto.

De pronto, llamó mi atención una persona de apariencia diferente a los demás. Su aspecto delataba ese sabor de antaño, como el que utilizaba mi abuelo en su vestimenta. Su cuerpo delgado era la copia fiel de don Hilario, como le decían los peones en el rancho. Además, su andar, tranquilo y calmo, era la reproducción exacta de aquel su tan marcado estilo y forma de conducirse por la vida.

Su sombrero, quedaba fuera del contexto actual; sin embargo, aunque sólo alcanzaba a verlo de perfil, cuando volteaba de repente, pude notar parte de su bigote enroscado, con las puntas indicando al cielo y su barba de candado, elementos que lo hacían verse muy actual. Por un momento pensé en que me alegraba saber que él ya no pertenecía a este plano. Le evitaría saber que ahora su bigote y barba llevan el adjetivo de *hipster*. Se hubiese muerto de nuevo en cuanto le preguntaran, a qué estética iba y cómo se llamaba su estilista. En fin, todo esto era muy extraño.

Intrigada, caminé un poco más de prisa para ver su rostro desde un mejor ángulo. Era tanto el tumulto que, por momentos, lo perdía de vista. Los vendedores ambulantes ofrecían sus productos a diestra y siniestra entorpeciendo el libre caminar de las personas.

Me desplacé con dificultad entre ese mundo de gente, quienes no dejaban de pulsar sus celulares y sonreírle a sus pantallas. De antemano, sabía que podría perder mi objetivo. Sin importar mis modales, corrí empujando a una que otra persona hasta lograr ver su rostro de frente. ¡Me quedé con los ojos cuadrados, por tan tremendo hallazgo!

Él, con actitud socarrona, acercó su cara a la mía y me susurró:

−¡Mira güerita, ya me di cuenta de que me estás siguiendo! De una vez por todas te digo que ni se te ocurra decirle a tu abuela que me has visto. Ella cree que he muerto.

Quedé estupefacta, con la boca abierta y sin saber qué responder. Mientras tanto, sus globos oculares parecieron craquelarse e inundarse de sangre. Luego, asintió con la cabeza en señal de haber entendido sus instrucciones y me sonrió. De sus labios asomaron dos colmillos muy afilados y me reiteró:

−¿Entonces, en eso quedamos, verdad mi niña? ¡Nada de contárselo a tu abuela!

Después miré a las damas que venían colgadas de sus brazos y quedé muda. Eran Soledad y su hermana Angustias, quienes habían sido sus vecinas cuando tenían el rancho adjunto al de mi abuelo. Ya las conocía, pero jamás había visto a la primera tan acompañada, ni a la segunda tan tranquila. Ninguna habló. Sólo llevaron el dedo índice a sus bocas, clamando por mi silencio. Al final, los tres sonrieron burlonamente y continuaron su camino.

De pronto, desperté en esta cama de hospital donde, aún desconcertada, giré la cabeza con torpeza para mirar la ventana de mi habitación. Tras el cristal, vi al abuelo. Me hizo un guiñó. Dio media vuelta y se esfumó por el pasillo con mi cámara al hombro. ¿No me crees, verdad?

VIAJE AL FONDO DE LA SIERRA

Ya nos habían prohibido mis papás, a mi hermano Toño y a mí, subirnos al cerro y andar merodeando por los socavones de las minas y nunca hacíamos caso. Decían los lugareños que además de esos peligrosos agujeros, había un sinnúmero de grietas por donde podría caber hasta una vaca, si es que la pobre tenía la desgracia de resbalar y quedar atrapada entre sus devoradoras fauces rocosas.

Sin embargo, nosotros éramos arrojados de nacimiento y omitíamos dichos consejos. Incluso, pensábamos que eran simples cuentos inventados por los abuelos para mantenernos bajo control a todos los chamacos de la región de la cañada de El Guaje.

Los viejos contaban historias haciendo referencia a todo el oro que los gambusinos apenas habían encontrado hacía un par de años en las minas.

Platicaban que don Nicolás se había vuelto rico de la noche a la mañana. Había trabajado, en un principio, de manera informal en la mina cuando apenas la habían descubierto. Mas, al obtener un buen ingreso envió a su mujer y a sus hijos a vivir más al norte de

México, ahora estado de Nuevo México, para resguardar sus bienes de las envidias de sus parientes.

Mi abuelo decía que en lugar de haberles hecho un bien al darles su herencia en vida, don Nicolás los había hecho unos holgazanes y después de unos años, ya no regresaron ni a cerciorarse de la salud de su papá. El pobre, al final de sus días, tuvo problemas pulmonares y murió sin un centavo en la bolsa, sin compañía y sepultado en una fosa comunitaria.

Esa y muchas otras historias, como la de don Odilón, se contaban por los alrededores de El Guaje. Dicen, los que lo conocieron, que una mañana el hombre salió de su casa con suficiente agua y su acostumbrado almuerzo para trabajar en la mina.

Don Odilón partió a las seis de la mañana y, después de cabalgar durante una hora, se topó en el camino con una víbora de cascabel. Su caballo se alebrestó y lo tiró al suelo rompiéndose una pierna con hueso expuesto. Al no recibir atención inmediata, se le infectó y para cuando lo encontraron, ya no tenía remedio. Sin esperar más, tuvieron que cortársela dejándolo imposibilitado para trabajar de minero. Fue una tragedia pues, además de todo ese desastre, a su caballo sí lo alcanzó a picar la víbora y, al echarse a correr, el veneno se propagó aún más rápido y al pobre animal lo hallaron muerto a un par de leguas de distancia de dónde encontraron a su jinete.

Su caballo era una de las pocas pertenencias con las que contaba; aparte de una vaca media flaca que, a esas alturas, comparada con las ganancias que recibía de la leche, le salía más caro mantenerla. Ya ni siquiera el animal le sirvió para venderlo e iniciar un negocito que le diera para sostener a su familia. Un año después del accidente, el señor murió. Dicen que fue de un infarto, pero la gente cree que se envenenó con mercurio de la mina, debido a la desesperación y a la tristeza que sentía al ver, que ya no podía proporcionarle a su familia lo más básico… alimento y amor. Puesto que después del accidente, se había vuelto intolerante y en ocasiones hasta detestable. Pero, ¿quién no lo sería? al atravesar por esos episodios tan nefastos de su vida, decía su compadre Jesús al recordarlo con tristeza.

Los remolinos de la desgracia llegaban uno tras otro, llevándose a los miembros más vulnerables y débiles de esos humildes pobladores de El Guaje. Los mineros morían de problemas pulmonares, envenenados por respirar tanto elemento químico dentro de los túneles y socavones. De esta forma, el camposanto extendía cada vez más sus dominios perimetrales y el poblado se reducía de manera casi proporcional.

En fin, eso a los niños no nos preocupaba mucho ya que la muerte era cosa cotidiana y Toño y yo continuábamos haciendo de las nuestras y desafiando la disciplina que nuestros padres y abuelos nos imponían.

Es más, cierto día, tomamos un guaje y lo llenamos de agua; agarramos una cuerda y nos salimos a explorar las dichosas grietas que había en la parte superior de la Sierra, esas en las que nos podíamos caer por ser tan peligrosas y que tanto mencionaba el abuelo.

Pero no teníamos miedo. Sabíamos que él contaba todo eso para que en lugar de andar de canijos, mejor nos fuéramos a trabajar a la tienda de Cendejas quien, además de pagarnos unos centavos por ayudarle, nos enseñaría a hacer cuentas y a leer y escribir con gran soltura, siempre y cuando no hubiera muchos clientes. Él era un gachupín que había dejado su país por razones desconocidas. Había sido maestro de escuela y todos en el pueblo, lo apodaban el letrado Cendejas.

Estar detrás de un mostrador no nos divertía. La sangre de mi hermano y la mía era de exploradores. Lo sabíamos muy bien. Además, nos gustaba andar en el campo recogiendo algunas piedras raras; así como pieles de víboras que se quedaban atoradas en los troncos tirados en el suelo o en las piedras rugosas de los lechos de los arroyos de la sierra, cuando éstas cambiaban de piel. También, nos entretenía coleccionar pedacitos de troncos de caprichosas figuras, talladas por la naturaleza. En realidad éramos muy temerarios y en esta ocasión nada nos detendría.

Comenzamos a internarnos en la sierra donde se habían hecho los primeros túneles para sacar el material de la mina. Pero, como nos salimos a escondidas de la casa, no queríamos que los amigos de mi papá nos fueran a ver e ir a chismearle y echarnos de cabeza; entonces, tuvimos mucho cuidado de que no nos vieran. Para ello, subimos un poco más arriba de donde estaban los socavones que nosotros conocíamos. Cerca de ahí descubrimos que sí existían las grietas que tanto mencionaba mi abuelo de las cuales, en un principio, dudábamos de su existencia.

Toño, quien era más arrojado que yo, sugirió que bajáramos a explorar un poco las grietas, con ayuda de la cuerda que habíamos traído. Sería más confiable hacerlo si la amarrábamos a una de las enormes rocas que había cercanas a la grieta. Así, nos aseguraríamos de que no se resbalara y se nos viniera encima la piedra. Las uñas de gato, también eran anclajes seguros, aunque los más cercanos a la entrada eran aún plantas muy jóvenes y podrían quebrarse o arrancarse de tajo con nuestro peso.

Comenzamos a sacar todo nuestro equipo de exploración, el cual incluía: una navaja, una cuerda como de unos treinta metros y un garfio de cuatro puntas que mi papá utilizaba para enganchar la cubeta del pozo de la casa y sacar agua. Ya nos imaginábamos a mi mamá bien enojada, al darse cuenta de que nos lo trajimos, y esperando a que llegáramos para darnos una tunda. Pero nosotros pensábamos contentarla cuando le entregáramos de regalo una de esas *piedras de luna* que hay allá abajo de la mina.

Teníamos todo listo. Amarrada y enganchada la cuerda a la roca, el guaje colgado al cuello de Toño, quien era más fuerte que yo por ser el mayor. Yo, en cambio, me cargué el morral con la navaja y unas tortillas de harina que cogí, a última hora, por si nos daba hambre.

Entonces, iniciamos nuestro descenso por la grieta más ancha que encontramos. Toño entró primero para dirigir nuestra grandiosa exploración y también por si se me dificultaba el descenso, pues bien sabíamos que al hacer contrapeso con su cuerpo, la cuerda no se movería tanto y evitaríamos golpearnos con las paredes de la grieta.

Continuamos por unos cuantos metros más, pero nos empezamos a cansar y al finalizar la cuerda, la iluminación era casi nula. La apertura de las rocas se hacía cada vez más amplia y comenzó a darnos pánico el no poder ver lo que continuaba en ese descenso.

De pronto, apareció un grupo de murciélagos revoloteando y ahí sí que perdí totalmente la poca calma que me quedaba. Mi hermano me dijo que no tuviera miedo, pero él bien sabía que yo les tenía pavor a esos animales, por todas esas historias que contaban los compañeros de trabajo de mi papá. De la rabia que transmitían al ganado al morderlo y de la conexión que habían inventado los del pueblo al relacionarlos con vampiros y a éstos, a su vez, con brujas y seres malvados. Sin olvidar, por supuesto, aquellos cuentos que nos leía el letrado Cendejas, de infinidad de libros ilustrados con imágenes de terror, que había traído de España.

Toño trató de tranquilizarme. Dijo que los murciélagos nos temían más a nosotros, de lo que nosotros a ellos. Que sería mejor subir de nuevo por la cuerda, para regresar otro día con más equipo y así bajar con mayor seguridad. Por supuesto, le hice caso de inmediato.

Con dificultad, inicié el tan ansiado retorno hacía la superficie. Ambos, agotados por el esfuerzo, no pudimos continuar. Yo fui la primera que me rendí y caí al precipicio. En mi descenso, golpeé a mi hermano y juntos nos fuimos hasta el fondo de la grieta, con todo y cuerda. Con el jalón, el gancho se desatoró, caí sobre él y desgarró mi pierna. No veía a mi hermano, sólo escuché sus quejidos de dolor que se mezclaban con los míos.

La cuerda y el gancho que hubieran sido la evidencia para localizarnos, desapareció de la superficie. No dejamos marca alguna. En seguida… el caos. Luego… la oscuridad. Finalmente… silencio total.

En el mes de abril del año dos mil, llegó a trabajar a la mina de Naica Miguel, joven ingeniero geólogo especializado en metalurgia. A quien, un par de mineros le comentaron el descubrimiento de una cueva, cuyas entrañas contenían unos maravillosos cristales gigantes localizados a una profundidad de cerca de trescientos metros.

Fue un hallazgo muy sonado a nivel mundial. Naica marcó el referente de contener los cristales más grandes del planeta, encontrados hasta ese momento. Pero, la mayor sorpresa se la llevaron todos al encontrar petrificados dentro de una de esas maravillas cristalinas, a un niño y una niña

El joven geólogo, de inmediato, conectó el reciente hallazgo con aquellas historias transmitidas de generación en generación que le habían contado sus papás, acerca de sus tíos-bisabuelos, Toño y Soco, quienes se habían perdido en esa sierra como a mediados del siglo diecinueve. Sabía, además, de la larga búsqueda que habían emprendido sus papás para encontrarlos. Por un tiempo, pensaron que algún forajido se los había robado para llevarlos a trabajar a los ingenios en el sur de nuestro país. Otros, creyeron que se habían perdido en la sierra y que algún hambriento carnívoro o tal vez un oso los había atacado, terminando así con su corta vida.

Por fin, nuestro sobrino develó nuestra misteriosa muerte y sumó una historia más, a todas aquellas que se habían hecho leyenda en todo Chihuahua.

Me sorprendió la forma en la que me recibían mi hermana, mis papás y toda la familia. No concebía el gran alboroto y la alegría que emitían hacia mi persona. Tenía años de no verlos. Se me acercaron y me dijeron que les daba un enorme gusto que hubiese llegado a la reunión que desde hace mucho tiempo me habían convocado y a cuya invitación me negaba a acudir.

Temerosa de tanto alboroto abracé con recelo a mi papá; Luego, al ver a mi hermana me le fui acercando poco a poco, ya que siempre me tenía preparada alguna de sus bromas; Pero, a diferencia de los demás, a mi mamá la abracé con un enorme gusto. En todo este tiempo, me había hecho mucha falta.

Aunque mi papá se mostró cariñoso, yo aún le guardaba un poco de rencor por la forma en que se había desentendido de mi hermana y de mí. Sin embargo, mi madre, al notar esto, me dijo que él no era una mala persona, sino que el miedo lo había invadido en aquél entonces y prefirió dejarnos a cargo de su hermana. Se sintió incapaz de cuidarnos al ser tan pequeñas. Era extraño verlo con la misma vestimenta de décadas atrás. Seguía conservando el pelo negro y una figura delgada y erguida. Sus ojos tristes, con poco brillo delataban su culpa, al igual que el esbozo de sonrisa en sus labios, apenas perceptible, de donde pendía uno de sus famosos cigarrillos sin filtro.

Mi hermana, como siempre, al abrazarme me dijo al oído que me veía un tanto demacrada y desaliñada, es decir, fatal. ¡Claro, lo externó para hacerme enojar como siempre! Sabía que yo no soportaba verme sin ese glamour que siempre me había caracterizado. Gozaba al notar el desatino que me producían sus comentarios. Sus ojos brillaban como dos soles y su sonrisa se tornaba en carcajada, conforme yo me preocupaba, más y más, por mi aspecto. Al final siempre me decía con un poco de sarcasmo:

–No te preocupes, Mita, tú siempre te ves esplendorosa – lanzándome un beso al aire con su mano derecha y contoneándose con la gracia de un cisne fuera del agua.

Sus ojos brillaban siempre. Para ella, el ser glamorosa era una pérdida de tiempo y un desgaste físico y psicológico por algo inalcanzable… la perfección.

Mientras mi madre observaba toda la escena, movía la cabeza de un lado a otro, en señal desaprobatoria ante las travesuras de su hija mayor, pero sin enojo alguno. Su cabellera negra ondeaba sobre sus hermosos hombros erguidos de bailarina de ballet, mientras se acercaba a mí para abrazarme. Se veía tan hermosa que no podía más que contemplarla. Hubiera olvidado sus facciones, si no fuese por esas fotos de color sepia que penden en la pared de la escalera de mi casa.

Después de su filial abrazo, tomó mi rostro entre sus blancas manos, como lo hacen las alas de una paloma al proteger el nido. Me miró por largo tiempo con sus ojos grandes de color miel y me dijo:

–Hemos deseado durante años que llegara este momento, Mita. Te extrañé mucho. Quiero que saludes a tus tíos y abuelos. Estamos congregados para recibirte porque te amamos.

De pronto sentí una luz cegadora sobre mis ojos. Todos ellos extendían sus manos para sacarme de la cama. Volteé a ver a Mari, mi enfermera, y le pregunté:

–¿Por qué todos me miran así?

–¿Quiénes la miran, señora Mita?

–¡Todos ellos! Diles que se vayan. Estoy muy cansada.

–Tranquila –dijo con tristeza la enfermera- ellos la aman de corazón y la esperan para su reencuentro. Vaya sin miedo.

¡QUÉ MALA PATA!

Sentado en el sillón de su domicilio, situado en el oriente de la capital, Gustavo leyó aterrorizado una nota del periódico.

"Asesinato en el metro. Lo único encontrado junto al cuerpo fue una pierna ortopédica salpicada de sangre, la cual ha sido resguardada en la oficina de artículos extraviados para su investigación"

Al mismo tiempo, pero en una de las tantas estaciones del transporte colectivo, dos guardias, en entrenamiento, leían la misma noticia, de la cual comentaron:

—No cabe duda mi Beni, cada vez nos encontramos con más cosas increíbles de creer. —dijo indignado El Ronda.

–¡Uy, sí pareja!, y lo que nos falta por ver con toda esta bola de canijas ratas que andan recorriendo estos agujeros buscando desde un arrimón hasta la quincena de quien se apendeje.

Mientras Gustavo seguía leyendo el periódico, su mujer continuaba cuestionándolo. No concebía la forma en que éste había perdido la prótesis que le ayudaba a caminar sin tanto problema. Seguía necio en decir que se había dormido en el metro y que se la habían robado.

–¡Pero, no te lo puedo creer, Gustavo! A mí no me puedes engañar. ¿Cómo es que no sentiste cuando te la quitaron? Por muy borracho que hubieras estado, te habrías dado cuenta. Además, ¿dónde conseguiste esas muletas? –Inquirió de nuevo su esposa.

–Ya te dije mujer, no sentí nada. Y no andaba borracho, sólo estaba bien cansado. Pues, qué quieres, me dormí y desperté sin pierna. Luego se condolieron de mí dos polis bien chavos del metro y me consiguieron estas muletas que sacaron de la oficina de artículos perdidos -respondió, al mismo tiempo que comenzó a sudar deseando que su nerviosismo no lo delatara.

–Bueno, pues ahora lo único que nos queda es poner un anuncio para ver si alguien se compadece y te la regresa.

–¡No, no vieja! Deja en paz ese asunto. Ya veré cómo consigo dinero para que me hagan otra.

–¡Otra! pero, ¿crees que cuestan tres pesos o qué?

Gustavo se incorporó del sillón, tomó las muletas, se metió a su recámara y de un portazo acabó la conversación con su mujer. Abrió de nuevo el periódico y palideció como si hubiese visto un fantasma. Encontró la foto del tipo gordo, saliendo del Monte de Piedad, quien le compró la pierna ortopédica. No podía negarlo pues su silueta era inconfundible. Era el fulano que le propuso comprarle la pierna por dos mil pesos, quien además le proporcionó unas muletas para que tranquilamente se regresara a su casa. Lo tenía todo planeado. Había estado vigilando y estudiando a Gustavo por varios días. Sabía su rutina, paso a paso. Pero, el maldito comprador bien sabía el uso que le daría a esa prótesis.

Según el periódico, el asaltante de la joyería, utilizó el aparato para romper los exhibidores y ocultó dentro del ahuecado objeto las joyas que ahí cupieron. El tipejo, al perpetrar el robo, se escabulló por los andenes del metro. Saltó a las vías y al ver que lo quiso detener un empleado, para advertirle el peligro de estar ahí, el ladrón lo golpeó con la pierna ortopédica, dejándolo sin vida. Se llevó consigo las joyas y dejó el aparato junto al difunto para inculpar al dueño.

Por unos momentos, Gustavo quedó tan consternado por la noticia periodística que no supo qué hacer. Tenía que pensar en una historia que diera solución a tan grave problema. En dado caso que la policía quisiera implicarlo de alguna forma.

De pronto, tocaron a la puerta. Gustavo se inquietó. Esperaba lo peor.

Su mujer abrió sin apuro. Afuera apareció un joven con uniforme de una mensajería, quien traía en sus manos una cajita. Se la entregó a la esposa. Le hizo firmar de recibido. Se despidió y se fue.

Confundida, cerró la puerta y abrió la cajita. Dentro de ella se encontraba un anillo y una nota que decía:

"Para mi esposa que ha esperado con tanta paciencia este anillo desde el día de nuestra boda"

De inmediato, la mujer entró al cuarto donde se encontraba Gustavo. Se acercó a su marido, quien nervioso quiso esconder el periódico. Ella, se lo arrebató, le echó un vistazo y ambos estallaron en llanto.

Ahí estaba yo, en medio de la nada. Expectante ante lo desconocido y con la desesperanza de la esperanza. Sentí miedo, mucho miedo. Después de haber caminado durante horas y horas a través de la espesa nieve blanca, suave y tersa, pero tan fría como mis sentimientos. En ese preciso instante, en el que debía apresurar el paso para atravesar la inmensa superficie de ese espacio perdido en la región ártica, me sentía agobiada por la premura de llegar al pueblo de Fairbanks esa misma noche para encontrarme con el guía quien, al día siguiente, me llevaría en avioneta hasta Nome, un pueblo cercano al Estrecho de Bering.

Ese miedo que, aún con luz, se puede percibir cuando no se puede ver; cuando por alguna razón la oscuridad nos invade y perdemos la brújula de nuestro sentido de dirección. Ese miedo que congela, que paraliza, que nos deja estáticos, que mina el discernimiento claro y objetivo para seguir adelante en busca de una nueva aventura y, a su vez, de la propia supervivencia.

Aún en contra de todo esto, continué mi ruta mientras el hielo, formado en mi pasamontañas por el sudor y el frío de haber caminado durante horas y horas, me quemaba el rostro. Mis manos, aunque no las podía ver a través de los guantes, podía sentir su rigidez, a tal grado que casi no podía distinguir variación alguna entre la dureza del piolet y la de mi mano. Al tacto, era como si se encontrasen unidos en una sola pieza.

Seguí caminando. De pronto, a lo lejos, pude distinguir un iceberg gigante y pensé:

–Si así está la parte externa visible, qué dimensiones tendrá la parte interna de esa inmensa mole de hielo.

Relacioné la escena con el alma de la mayoría de las personas. Sin embargo, después me di cuenta de que estaba confundida, lo que había visto era el reflejo de los enormes picos nevados sobre el río cercano a Fairbanks.

Más tarde, mi cuerpo ya no respondía a mis mandatos. Sólo caminaba sin dirección, sin pensar, como un zombi.

A unos cuantos pasos, sobre esa interminable alfombra nevada, alcancé a distinguir la secuencia de unas huellas parecidas a las de un oso polar, las cuales se perdían en el sitio donde se encontraba un kayak despedazado, salpicado de manchas sanguinolentas dispersas en la madera y en la nieve.

El miedo volvió a apoderarse de mí. En toda esa extensión, no veía algún vestigio de vida, ni indicio alguno de que pronto encontraría al piloto-guía que me rescataría de esa pesadilla invernal.

Por fortuna, la oscuridad total nunca llegó. Aunque mi suplicio era cada vez mayor, debido a la fatiga, continuaba haciendo caso a mi intuición. Era mi única guía, mi Estrella Polar. No obstante, cuando estaba a punto de abatirme, apareció ante mí, la belleza y majestuosidad de una aurora boreal, devolviéndome la fe de que Dios estaba a mi lado. Cerró así, esta angustiosa representación mediante un hermoso telón bordado de maravillosas bandas de listones amarillos, rojos y verdes, danzando de un lado a otro por encima de ese inmenso escenario.

Sentí, entonces, la necesidad de cubrirme los ojos por la brillantez que emitía tan bello fenómeno pero, intempestivamente, pude constatar que un rayo de sol entraba por una de las persianas de mi recámara y caía exactamente sobre mis entreabiertos ojos. Mi corazón latía tan fuerte como si hubiese corrido un maratón. La almohada humedecida era testigo fiel de toda esa pesadilla.

En seguida, volví mis ojos hacia el buró junto a mi cama y descubrí, en mi libreta de notas abierta, un poema escrito de mi puño y letra que decía:

Despiertas tras larga y solitaria hibernación.

Tu níveo pelaje, largo y espeso,

se desliza sobre bloques árticos.

Hambriento, nadas aún.

Exhausto te hundes, vuelves a la superficie,

bramas, nadie te escucha.

Todo es silencio.

Mar ártico, helado espejo filoso,

reflejas un solo cielo… ¡Muerte!

Nadie me hubiera creído que, de antemano, sabía que doña Lola moriría repentinamente. La primera vez que la vi, sentí ese ingrato rechazo hacia ella. Y, digo ingrato, porque siempre me trató muy bien. Hasta se podría decir que me quería y me admiraba por ser tan rebelde, como ella nunca lo pudo ser en su juventud.

Siempre me buscaba para que le ayudara a tomar alguna decisión. Creía que yo era muy intuitiva. Solía decirme que confiaba en mi consejo, cuando lo requería en algún momento de indecisión con respecto a sus planes futuros.

Con precisión matemática, por así decirlo, trazaba cada uno de sus planes pero, como en esta vida todo cambia de un momento a otro, siempre salía frustrada.

Para mi infortunio, era mi vecina y, aunque siempre estaba al pendiente mío y de mis tíos, era un sufrimiento verla día con día.

Vivía sola y su único compañero era un perro pastor muy noble y fiel. Sin duda, era una buena mujer pero tenía ese olor característico que yo percibía en ciertas personas con las que traté a lo largo de mi vida, quienes también habían muerto de una manera repentina. Nunca por enfermedad.

Esta capacidad con la que fui dotada, a la que muchos llamarían un don, no es nada agradable. Siempre sentí un fuerte rechazo hacia dicha gente y lo peor es que lo detecto por dondequiera que transito. Es decir, hasta en la calle he percibido ese olor y no puedo evitar voltear a ver a la persona en cuestión, con un tinte de tristeza y lástima. Y así, llevo años sufriendo.

Siempre tuve miedo de externarlo, aunque lo supe desde muy pequeña. ¿Cómo no conocer este olor?, si nací entre dos muertos, mi hermano mayor y mi hermano menor. Mi madre perdió a dos de mis hermanos y luego murió de tristeza.

El domingo pasado, que don Justino, el boticario, murió dentro de la iglesia del pueblo, sin razón alguna, entendí el porqué no lo pude detectar. El diagnóstico del médico, acerca de la anosmia que padezco, fue certero. Por fin, tendré un poco de paz, sin contar ya con ese sentido trágico y perturbador.

CONFESIÓN

Salimos muy arregladas de domingo hacia la iglesia, para rogar a Dios que perdonara nuestros pecados. El sacerdote escuchó primero a mi madre en el confesionario. Ella se sonrojó. Luego, escuché desde su vientre la confesión de él. En seguida, apreté mis diminutos puños y lloré.

EL VIENTO CESÓ...

Los zopilotes avistaron su muerte. Era tan predecible. Tenía la certeza, pero desconocía la hora precisa del desenlace. Desde su inicio, sabía que su vida sería corta. No concebía para sí, la dulzura, ni la pasión. Tampoco el entusiasmo y la alegría por las cosas intangibles. Esas que son eternas. Las que conllevan armonía para todos. En las que el sacrificio no existe. Entonces comenzó a enfermar y a deteriorarse desde el primer día en que llegó a la cárcel, donde le colocaron un grillete al cuello. Se rehusaba a permanecer quieto. No había paz en su corazón. A como diera lugar, buscaba saciar sus deseos pero le era imposible. Éstos eran infinitos. Jamás se conformó con lo necesario, siempre le faltó algo. Almacenó el pasado para destruir su presente. A cada momento, su inconsciente le recordaba la carencia, la limitación y la pérdida. Esos sustantivos heredados de sus antepasados, no eran suyos; sin embargo, los adoptó y se adaptó a ellos. En él se percibía cansancio, hastío y soledad. Mucha soledad. Se negó a concebir que los demás vieran lo que él ni siquiera pudo intuir. En su cárcel interna se quedó anclado. El grillete del abandono y la indiferencia estranguló las venas de su alegría. Ventarrones de abatimiento y desamparo lo amenazaron. Poco a poco se fue extinguiendo como la flama de una vela empolvada. Entonces, el viento cesó, los zopilotes avistaron su muerte. Tendido sobre la helada y bien tejida alfombra de la mentira… murió el amor.

LAS CUEVAS DE DON ANTONIO

Nacieron totalmente distintas y compuestas de diferente material acarreado de un sinnúmero de lugares. Salpicadas de minerales variados, tanto suaves, para ser moldeadas y darles bella forma; como otros de dureza extrema, que las hace fuertes y resistentes. Dispares, pero con la misma herencia itinerante de sus hacedores.

Su enigmático e ilimitado interior sugiere adentrarse en él para conocerlas desde el alfa, al omega y percibir su encanto, único en su género.

Poseen una gran fortaleza y, a pesar de que fueron expuestas a pruebas extremas de intemperismo, erosión, corrientes de agua, de hielo y desastrosos procesos geológicos a lo largo de su vida, aún se mantienen hermosas.

Mi alma se regocija con su divinidad. Al observarlas, evoco la fortaleza de aquellas gigantescas cuevas donde el hombre primitivo se refugió para resguardarse de todo peligro y continuar su tránsito nómada sobre la superficie del planeta.

Bendigo al cielo por cubrirlas de estrellas por las noches y de un manto de luz azul durante el día. Mi Ser se unifica con en el suyo para permitirles continuar su misión, en libertad. Son hermosas, ellas son… Las Cuevas de Don Antonio.

Ahora que me encuentro tras las rejas, ya no recibo agresiones. ¡Malditos! Antes, no paraba de recibir insultos porque ensuciaba y estorbaba. Luego, criticaron mis tatuajes y se burlaron de ellos. Hasta yo me avergüenzo de lo ridículos que se me ven a mi edad, ahora que he alcanzado la madurez tardía. Así la llaman algunos por no decir, abiertamente, la vejez.

Cuando era joven, me gustaba tener el cuerpo lleno de ellos y entre más tenía, mejor me sentía. La gente me buscaba y hasta me rodeaban para verlos de cerca. Yo me sabía diferente. No obstante, llegó el momento en el que me cansé de ellos, tanto de los tatuajes como de mis espectadores. Fue aquel día en que, sin mi permiso, tatuaron en mi torso una cruz suástica. Eso sí que no lo toleré. Tan pronto como se presentó la oportunidad, maté al tipo que me lo hizo. Mi brazo, como un martillo, arremetió sobre el cuerpo de mi agresor. Antes de quedar inerte, sólo escuché los gritos de dolor y sufrimiento hasta que éstos se apagaron con su último aliento. ¡Se lo merecía! No tenía ni el derecho, ni mucho menos mi permiso para tatuarme lo que se le viniera en gana.

Después de ese episodio, me pusieron tras las rejas. Desde entonces, todos me respetan. Aunque no falta el gañán que se quiera pasar de listo. Ese cobarde que disfruta el agredirme desde el exterior. Ese, que después de fallar varias veces en su intento, se retira y me deja en paz, solo para buscar a uno más débil y fastidiarlo.

Yo, sin embargo, continúo dándoles lo mejor de mí: sombra y oxígeno.

La única condición que pongo es que me den agua.

–¿O, es mucho pedir?

EL CANDADO

Es extraño. La puerta de la casa está abierta. Nadie me espera aún, ¿será porque adelanté mi llegada? Entro y me escondo detrás de la escalera para darles la sorpresa y, cuando por fin se encuentran todos desayunando en la cocina, hago mi triunfal aparición.

Ninguno se sorprende. Como si no me conocieran, como si me hubieran olvidado. Tal parece, que los atacó la terrible enfermedad de la amnesia o se puesieron de acuerdo para ignorarme. El único que se acerca y me abraza es mi pequeño hijo. Pero mi esposa lo llama y le pide rezar, como siempre, una oración para dar gracias por nuestros alimentos. Al retirarse, me dice al oído:

–No me tardo nada, papito.

En seguida, le hablo a mi mujer y no me contesta; a mis hijos mayores les cuestiono el porqué de su indiferencia, pero, sólo bajan la cabeza sin voltear a verme. Tal parece que el complot es general.

–¡No lo entiendo! -dije, desesperado y alzando la voz- si sólo me separé de ustedes un par de años y tal parece que no quieren volver a verme.

Aunque, mi niño, aún me mira con dulzura. Devora su leche y su pan, con la intención de levantarse de la mesa lo más pronto posible para estar conmigo.

La expresión de mi enojo no se hizo esperar y por fin exploté.

–¡Este silencio, esta indiferencia me está matando! –grité, y sin bajar el tono de mi les dije, mientras caminaba alrededor de la mesa del comedor:

–¡No estoy dispuesto a seguir con su maldito juego! ¡Están acabando con mi paciencia! ¡No tienen derecho a hacerme esto!

Al finalizar mi reclamo, se quedaron callados; no obstante, mi chiquillo se levantó rápidamente de la mesa, me dio la mano y salimos de ahí.

De pronto, se levantaron los demás y salieron detrás de nosotros, llevando flores en sus brazos, como lo hicieron el año pasado. Pero esta vez no sólo son para mí. Las compartiré con mi pequeño consentido quien ahora me hace compañía en esta cripta, cuyo candado olvidé cerrar.

Estoy muy cansado. Quiero llegar a casa y cenar algo sabroso y diferente a esto. No quiero seguir oliendo esas malditas hamburguesas del ridículo payaso, ni su pastel de manzana que de fruta prohibida lo tiene todo. Han eliminado lo nutritivo, sólo le agregan restos de cáscaras mezcladas con la maloliente harina con gorgojos. Aunque, estos bichos son el plus que le agregan, sin costo, como proteína para los fanáticos a esta chatarra. En fin, cada cliente escoge lo que se le da la gana comer.

Ya ni me cambiaré de ropa, a pesar de odiar estos nuevos uniformes gris con negro que nos hacen parecer agentes funerarios. Quiero ahorrar tiempo y que no se me haga más tarde. Me pondré mi chamarra roja y así taparé también el logo de la playera.

Debo apurar el paso antes de que comience a llover. ¡Ah, que la chin…!, olvidé mi tarjeta del metro y tendré que hacer una fila bien larga para comprar nomás un 'che boleto.

En Taxqueña, es una lotería encontrar asiento, pero hoy tuve suerte. Lo único malo es que entre el cansancio, lo lleno de los vagones y la falta de oxígeno dentro de estas latas de sardina, podría quedarme dormido y pasarme de terminal como otras veces.

El olor a grasa impregnado en mi ropa, combinado con el de mi loción no le gustó a esa chavita. Nada más me senté junto a ella y de inmediato se cambió de lugar. Creo que hasta la estación Potrero, donde me bajo, define mi aroma. A eso huelo después de mi jornada diaria. Lo siento, pero ni modo. Por mí, que se largue.

Recargo la cabeza en el vidrio de la ventana y veo el gran estacionamiento de automóviles que se forma en las calles debido a la lluvia. En el interior de los autos, alcanzo a ver la cara de los conductores iluminada por la luz de sus celulares. Pareciera que traen una lámpara integrada dentro de la cabeza. Las reacciones en los rostros de algunos son de disgusto. No obstante, otros sonríen al ver los mensajes que les llegan, a pesar de permanecer atrapados en el infierno paralizante del tránsito que, día con día, les roba lapsos de vida. La fantasía del *feis* y del *guats* los hipnotiza, los atrapa entre sus redes.

Así estuve yo hasta que me robaron mi *cel* una de tantas veces que me quedé dormido en uno de estos asientos. ¡Malditos, infelices! tuve que seguir pagándolo sin siquiera usarlo.

Ya mero llego a la estación Hidalgo para cambiar de línea. Ahí si me tengo que poner bien aguzado para agarrar asiento en el último vagón. Ése, casi siempre, es el menos lleno. Nunca he sabido el porqué. En fin, lo bueno de venir en el metro es que, por lo menos, los vagones siguen en marcha, pero lo mejor de todo es que hoy es domingo y mañana descanso.

Tengo hambre. Quiero llegar a casa, comer esas gorditas rellenas de chicharrón que hace mi mujer, las quesadillas con epazote, los nopalitos en salsa verde que le quedan a todo dar y rematar con unos tres taquitos del guisado que le haya quedado de la comida.

Quiero que ella me abrace y me aliente a seguir adelante hasta que su amor envuelva a mis demonios y me libere de las cadenas que me tienen al borde de la locura. Que mi hijo me quite el cansancio acumulado con tan sólo verlo sonreír entre mis brazos. Imaginarlo como el hombre feliz y exitoso que su padre fue antes de perderlo todo.

¡Quiero, quiero y quiero! Pero, ya sé que es imposible pues ella se fue tras de mi hijo. Ahora, lo acompaña en su camino para que jamás se sienta solo en la inmensidad del cielo.

¡Carajo! Ya me pasé hasta Indios Verdes. Es la última corrida del día y llueve a cántaros.

Los pedidos se incrementaban a cada día. Algo estaba sucediendo. ¡No lo podíamos creer! El teléfono de la oficina no dejaba de repiquetear.

–¡Bueno! Sí, dígame.

>>Disculpe pero no tenemos tanta producción para surtir su pedido. Lo que podemos hacer es enviarle una parte. Y, cuando contemos con la totalidad de su encargo, se lo haremos llegar.

>>¿Cómo dice? ¿Que no puede esperar? Lo siento mucho pero una gran parte del personal se ha retirando del oficio. Nos hace falta gente que quiera seguir trabajando.

>>¡Óigame!, usted no puede calificar con esas palabras tan soeces a mis colaboradores.

>>Está bien, lo disculpo. Y créame, ellos dan lo mejor de sí, para que el material sea entregado en el menor tiempo posible.

>>No, señor. Ya le dije que sólo me comprometo por la mitad. ¿Le parece bien?

>>Y, dígame: ¿a qué se debe tanta premura?

>>¿Qué? ¿Qué han formado una red de qué?

>>¿Dijo traficantes? Para distribuir nuestra mercancía dentro de sus instalaciones.

>>¿Y es lo mejor que les ha sucedido? ¿En verdad?

>>Pues es un halago para nosotros.

>>Entonces, si es así, la primera parte de su pedido le llegará esta misma tarde.

>>Deme su dirección, por favor.

>>¿Qué? ¿Que me está hablando del manicomio municipal? ¡No le creo!

>>¿Está bromeando verdad?

>>¡Sí, sí! le entiendo. Por supuesto, le mandaré los libros a esa dirección.

>>No, no me dé las gracias, al contrario.

>>Y si, como usted dice, esto ayuda a mantener a sus internos calmados, le daré gratis el veinticinco porciento de su pedido. ¡Eso, va por mi cuenta!

>>Sí, hasta pronto.

El editorialista, colgó el teléfono y palmeando sus manos con júbilo, dijo a sus colaboradores:

—¡A trabajar, mis poetas! Con sus obras podríamos revertir al mundo de su locura. ¡Vamos, vamos!

DEMASIADO TARDE

Después de muchos años de no haberme ocupado de mi madre, de ignorarla, de no hablarle y mucho menos de visitarla, a pesar de vivir a tan sólo cinco minutos de mi casa, decidí hacer un espacio en mi apretada agenda empresarial y fui a verla.

–¡Hola, mamá! –grité desde la escalera, sin escuchar su tan usual respuesta -¡pásale mi hijito!- como era su costumbre cuando yo estaba joven y llegaba de la escuela.

–¿Dónde estás? –repetí y, de nuevo, silencio completo.

Al entrar a su recámara, se encontraba sentada en el sillón blanco que había tenido toda la vida o, por lo menos, desde que tengo uso de razón. Mirando hacia el jardín, con la vista fija en la fuente de cantera que mi papá le había colocado para que los pajarillos y los colibríes llegaran a saciar su sed y adornaran bellamente el cuadro que las buganvillas formaban a su alrededor.

Volteó a verme y, de inmediato, volvió de nuevo la mirada hacia la ventana del jardín, sin decir palabra. Me acerqué para besarla en la mejilla y esquivó mi acercamiento, como si fuese un extraño. En seguida, le pedí a la persona que estaba encargada de mi madre, me dijera lo qué estaba sucediendo.

–Señor, su mamá ha estado muy extraña en estos últimos meses. Al llevarla a revisión, los médicos le diagnosticaron Alzheimer.

–¡No puede ser! Si apenas la vi hace unos… Bueno, en realidad, no recuerdo hace cuánto tiempo, pero me parece que no hace mucho y aún se encontraba bien –contesté a la encargada a quien, por cierto, desconocía.

–Su mamá ha ido empeorando más rápido de lo normal.

–¡Caray! Por qué no me habían comentado nada.

–Se le había estado llamando a su casa y oficina pero usted se negaba a contestar.

–Es que, seguramente, me encontraba muy ocupado en alguna junta y mi secretaria… En fin, ¿por qué no se comunicaron a mi casa?

–También lo hicimos, pero su esposa nos decía que estaba ocupado o descansando y que después nos llamaría.

–¡No puede ser, nunca lo supe! –respondí alzando la voz.

De pronto, mi madre, debido a dura voz de mi reclamo, volteó y me dijo:

–¿A qué horas llegó usted, señor? ¿Acaso es amigo de mi esposo?

–¡No, mamá, soy yo! tu hijo.

Me miró fijamente y sin hacer caso de mi respuesta exclamó señalando con el dedo índice hacia el jardín:

–¡Mire, qué lindas rosas! Si gusta, puede cortar algunas y llevárselas a su mamá.

Quedé azorado con su ofrecimiento. No concebía el encontrarme envuelto en esta situación. Ahora que tengo tiempo de hacer preguntas, éstas no tendrán respuesta. Desconoceré lo más esencial acerca de sus vivencias y de mis orígenes. Mis preguntas quedarán vacías. Desconozco tantas cosas de su vida que ahora quisiera saber. Aturdido, me acerqué, le di un beso y le contesté con profunda tristeza.

–¡Gracias! Pero ella, al parecer, se ha ido.

–Usted también debería irse. Llegó demasiado tarde y, al parecer, se avecina una gran tormenta –me pidió amablemente con una leve sonrisa.

MI AQUIETADO CELULAR

No entiendo el porqué mi celular se ha quedado quieto. ¡Qué pasa! Supuse que mis amigos entendieron claramente que me encuentro bien. Tal parece que no me creyeron. Comenzaron a enviar mensajes, a cada momento, preocupados por mi salud. De pronto, debido a la gran cantidad de llamadas y mensajes recibidos, se le acabó la pila. De inmediato, conecté el aparato al enchufe más cercano al buró de mi recámara. Luego, caí en un sueño profundo. Me olvidé del endemoniado aparato por varias horas. Al despertar, lo desconecté y me di cuenta de que todos mis amigos se habían salido de mi grupo de chatrrolleros. Sin embargo, sólo una persona me dejó un mensaje que decía: Descansa en paz… querida amiga. Jamás te olvidaré.

FAVORES FLAGELANTES

Todos volteábamos al ver a Benigno cuando entonaba su clásico cántico, cada domingo, al sonar la primera llamada de la misa de medio día:

–Bendito, bendito, bendito sea Dios. Los ángeles cantan y ala-aban a Dios, los ángeles cantan y ala-aban a Dios. –cantaba con prodigiosa voz de tenor.

Era todo un ritual, tanto para él como para todos los lugareños, verlo entrar a la iglesia de rodillas, desplazándose por el pasillo central. Flanqueado por la negra espesura de las dos hileras de bancas recién pintadas, de color caoba, de la iglesia del Refugio.

Con los pantalones remangados por arriba de las rodillas, se flagelaba para sentir el dolor causado por el frío y la rugosidad de la superficie del piso de granito sin pulir. Sumado a esto, traía sobre la espalda su mochila llena de piedras para hacer más severa su penitencia. Cuando era niño, en el catecismo le habían inculcado que el sufrimiento es la mejor forma de lavar los pecados y llegar más pronto al cielo, cuando se llegara el momento.

A ninguno de los pobladores, le dirigía la palabra pero tampoco les hacía daño. Si no fuese por el canto, la gente pensaría que era mudo. Para los adultos era un hombre sin oficio ni beneficio, sólo por el hecho de verlo vagar por las calles. Para los niños, quienes no comprendían su comportamiento, era el loco del pueblo. Pero ninguno de los dos grupos tenía razón. Sólo eran especulaciones expelidas por gente de virtudes públicas pero de vicios ocultos. O, como diría mi abuelo: "gente come santos, caga diablos."

Yo intuía que su interior era diferente, de una pulcritud desconocida. Pero, ¿cómo demostrarlo? Estaba segura de que tarde o temprano se sabría todo acerca de su hermetismo.

–Bendito, bendito, bendito sea... -Benigno continuaba emitiendo su armonioso canto.

Mientras recorría su camino hacia el altar, la gente lo seguía con la mirada. Portaba siempre entre sus manos una veladora de cristal con la imagen de la virgen de Guadalupe, la cual no encendía sino hasta finalizar su tan recurrente trayecto.

No obstante, este domingo fue diferente, Benigno no apareció por la iglesia. Al sonar las campanadas de la primera llamada a la misa dominical, la gente volteaba en busca de ese hombre quien, por varios lustros, los había acompañado con sus cánticos previos al arribo del oficiante. La mayoría de los parroquianos se preguntaba el porqué no aparecía puntual como todos los domingos.

Sonó la segunda llamada y la gente se inquietó al no verlo entrar por el pasillo. Tampoco en el atrio se notaba su presencia. El campanero, trepado en la torre de la iglesia lo había visto llegar.

Todos sabían dónde vivía pero nadie había entrado nunca a su domicilio. Era un completo ermitaño, pero con una voz privilegiada que todos añoraban en ese momento.

Por fin, dos trabajadores de la sacristía se dieron a la tarea de ir a buscarlo a su casa, una diminuta construcción hecha de ladrillo gris. Tocaron y tocaron a su puerta sin tener respuesta alguna y regresaron a la iglesia.

De pronto, el campanero lo avistó desde la torre y, sin permiso eclesiástico, lo anunció tañendo las campanas. Ahí venía trastabillando a través del atrio. Al llegar a la puerta de la iglesia, inició su recorrido habitual sobre el frío pasillo de granito. Estaba irreconocible. Sólo había pasado una semana y su figura había cambiado de una manera drástica. Era un esqueleto, un muerto en vida.

Con su mochila en la espalda, pero esta vez sin piedras, se deslizó casi a rastras entre las miradas de asombro . Con la mirada perdida y su veladora en la mano, prácticamente reptaba. Sólo el mármol rosado era la línea indicadora en el pasillo para llegar hasta el altar. Algunos quisimos ayudarlo a levantarse tomándolo de los brazos, pero él se negó rotundamente. De manera iracunda, nos exigió no tocarlo.

Después de una encarnizada lucha contra su debilidad, llegó a su meta. Con los últimos rastros de fuerza que le quedaron, prendió la veladora con otra de las tantas encendidas que había sobre el piso del altar. En seguida, se desplomó sobre el suelo como un fardo y ahí quedó inerte.

En esos instantes, el monaguillo tomó a Benigno entre sus brazos y de su diestra cayó la pequeña fotografía de una niña. La imagen de la pequeña estaba engrapada cuidadosamente a una hoja de papel, adornada con un par de listones dorados, en la que había escrito su agradecimiento al Señor de los Milagros por su ayuda y el favor recibido, al concederle ver de nuevo a quien, él decía, tanto amaba.

Con la ayuda de tres muchachos, lo condujeron hacia su última morada, mientras todos los feligreses salieron enfilados y entonando, al unísono, su amoroso cántico:

—Bendito, bendito, bendito sea Dios. Los ángeles cantan y…

En su casa, lo único que encontraron fue un diminuto huerto, un sembradío de rosas y sobre una vieja repisa de madera, una carta que concluía con la frase:

—¡Jamás la volverás a ver!

EL INQUISIDOR

Casi en penumbras, entré en ese cuarto que había permanecido cerrado por algunos años, para buscar unos muebles que deseaba donar a una casa hogar de niños en mi pueblo. Aunque se me dificultaba ver el estado en que se encontraba esa multitud de triques que habían dejado mis tíos, recién fallecidos, inicié mi trabajo de selección de objetos rescatables y adecuados para esa institución.

A mí, Encarnación de Dios Santos Partida, ambos parientes me favorecieron en su testamento. Al no haber tenido hijos en su matrimonio, me heredaron la pequeña casita que tenían en el rancho de Los Cobres y todo su contenido.

Este nombrecito con el que he cargado toda mi vida, me lo puso precisamente mi tía Chonita, quién fungió como mi madrina en la pila bautismal, sólo porque ella así se llamaba. Sin embargo, para hacerlo más bonito, según su acertado punto de vista, de aquél entonces, le agregó… de Dios. El apellido Santos fue de mi padre y el Partida, de madre.

Finalmente, la partida me la hicieron efectiva. Con ese nombre y apellidos no podía ir tranquilamente a ningún lado sin que la gente se burlara de mí. Aun los más empáticos esbozaran un gesto de mofa.

Así viví por muchos años hasta que mis tíos murieron y entré de nuevo a esta habitación donde me encontré con algunos fantasmas quienes salían por todos lados como ratones por cañería.

Este espacioso lugar, fue la sala comedor de mis tíos. De los claros recuerdos que tengo de aquel entonces, cuando los visitaba de niña son: El vitral en forma de domo de la terraza, diseñado con una inmensa flor roja colocada al centro de una circunferencia de listones en color azul y verde entrelazados. De ambos extremos se extendían otras tantas cintas serpenteantes, simulando dos bellas y frondosas hiedras coronadas en cada punta por una flor morada.

También, vienen a mi mente los hermosos muebles que parecían sacados de aquel viejo libro de mi tío, cuya pasta tenía impresa la imagen de un enorme museo y la frase, ¡París: encanto arquitectónico!

Aquí mismo, organizaban sus reuniones con un grupo de amigos a quienes llamaban *Los de la logia*. Se reunían una vez al mes. Las damas jugaban a las cartas mientras los caballeros disfrutaban del juego de ajedrez.

A pesar de mi corta edad, me encantaba estar con ellos. Aprendía cosas que en mi casa difícilmente vería y mucho menos experimentaría. ¡Caray!, con tantos recuerdos, me estoy desviando de mi cometido.

Volviendo al tema de la herencia de los muebles de la habitación y aún sin suficiente luz, inicié la búsqueda de lo mejor que podría rescatar para el asilo.

De pronto, de la nada, apareció un fantasma de carrasposa voz quien inquirió:

—¿Qué haces aquí, Encarnación de Dios? Si nada de esto te pertenece.

Brinqué del susto. Al llamarme por mi inusual nombre, supe que me conocía. Entonces, asombrada por su pregunta, respondí el ataque con otra:

—¿Pero, tú quién eres para decirme eso? Por si no estás enterado, mis tíos me heredaron todos sus bienes. ¡Y, más vale que no te metas en lo que no te importa! -le grité en su cara.

—¡Mira nada más, qué chistosa! A ver, dime, ¿qué has hecho para ganártelos?

—¡No lo sé aún, pero lo descubriré! -le dije, mientras su desfigurada cara se transformaba en la de un horripilante espectro.

Me alejé de él unos cuantos metros y escuché otro reproche pero, esta vez, provenía de una voz grave, diferente a la anterior:

--¡Así lo espero, ya que no te mereces todo lo que te dejaron esos dos! Mientras su cara se iba convirtiendo en la de un ser demoniaco.

Sentí mucho miedo. Tomé asiento, cubrí mi rostro para ya no verlo y comencé a repasar, mentalmente, la vieja película de mi vida junto a mis tíos. Analicé a conciencia lo que esos malditos fantasmas me reprocharon.

Después de unos momentos, llegué a la conclusión de que tal vez tenían razón. No había regresado a Los Cobres desde que mi tía falleció y, debido a mis ocupaciones, me olvidé de mi solitario tío y sólo lo visitaba cuando me sobraba un tiempo en mi agenda.

Quité las manos de mi rostro, volteé hacia todos lados en busca de los fantasmas para disculparme con ellos y hacer las paces; pero éstos ya habían desaparecido y, la verdad, sentí un enorme alivio.

Entonces, me levanté y comencé a caminar más segura y con mayor claridad pude ver cómo se elevaba el polvo, del tapete y de los muebles, suspendiéndose en la penumbra. Mis ojos ya se habían acostumbrado a ver a través de ella.

Atraída por el brillo de un círculo dorado, poco a poco me acerqué hasta que apareció ante mí el reloj de péndulo que tanto me gustaba. Me aproximé emocionada, unos metros más y desde ahí observé el rostro de otro fantasma.

Sin embargo, a diferencia de los primeros, a éste lo caracterizaba un semblante tranquilo y hasta bonachón. Con voz pausada y modales refinados, me sugirió que abriera uno de los ventanales superiores de la sala comedor. Lo obedecí y la sorpresa que me llevé fue enorme.

Descubrí que las paredes estaban cubiertas de espejos; que el salón no era tan grande como lo había creído; y, que los fantasmas que aparecieron ante mis ojos, era yo misma, haciendo juicios de mi persona.

Entonces, abrí todos los demás ventanales para dejar entrar la luz y, con ello, el inquisidor se desvaneció.

¡Quedé exhausta, después de haber leído muchísimas páginas de este libro sobre naturaleza! Lo que más llamó mi atención y en lo que me enfoqué fue el cómo se desarrolla el ciclo de vida.

El libro lo encontré en un enorme agujero dentro del tronco de una ceiba gigante, del parque La Choca. Seguramente perteneció a alguien de esas familias que suelen ir de día de campo los domingos. Tal vez, al recoger los víveres sobrantes, hieleras, sillas y juguetes, lo olvidaron por la prisa de escapar al chubasco que se avecinaba. Esas impetuosas y repentinas lluvias tan comunes en estos lugares selváticos.

¡Me sentía desfallecer! Nunca pensé que fuera tan cansado, ni que tuviese qué caminar tanto, de un lado a otro, para concentrarme y lograr leer sin distracciones visuales ni sonoras.

La lluvia apareció finalmente. Entonces, dejé el libro en el mismo lugar, sólo que lo oculté cubriéndolo con algunas hojas secas para que nadie se lo llevara, ya que ahora lo consideraba mío.

A pesar de la fatiga que la lectura me provocaba, las semanas subsecuentes, regresé al mismo lugar para continuar leyendo renglón por renglón, página tras página y día tras día.

Cuando ya había leído lo suficiente y estaba bien aleccionada para protegerme de mis depredadores, de pronto, sentí que el libro se elevó hacia las alturas. Rodé hacia el centro de sus páginas. Se cerró de un fuerte golpe y quedé aprisionada dentro de él. Poco a poco, me fui quedando sin aliento.

Había leído que los osos hormigueros eran mis peores enemigos; pero, esta vez, el hombre se convirtió en mi verdugo.

Salimos durante un mes de viaje y por olvido, la dejé olvidada en la botella. A mi llegada, el impacto que tuve fue de asombro debido a que aún permanecía viva. Es más, me atrevería a decir que esa rosa lucía radiante, mejor aún de lo que estaba el día en que partimos. Asombrada por ese hallazgo, reviví de nuevo la escena de principio a fin.

Aquella mañana, se veía hermosa, pero con las prisas y el nerviosismo del viaje me olvidé de todo cuanto se quedaba en casa. ¡Ah!, pero lo que jamás olvidé fue mi bolso de mano con mi cartera y mi cámara. La maleta de viaje ya la había subido al auto, la noche anterior, para ahorrar tiempo en caso de que se presentara alguna contrariedad.

Por fortuna, todo salió a la perfección y me fui a refugiar a un lugar alejado, donde nadie me distrajera para poder concluir mi libro de cuentos. Y qué mejor lugar que las Barrancas del Cobre.

La botella, donde coloqué la rosa, la había comprado en una cava, junto con otras tres del mismo estilo que contenían diferentes tipos de vino. Las cuatro botellas llamaron mi atención por su diseño, más que por la marca del vino. Cada una de ellas presentaba figuras diferentes para que el cliente se percatara de que, metafóricamente, se efectuara la perfecta unión íntima entre el vino y la comida, es decir, el maridaje.

Una de ellas tiene varios peces en color azul turquesa salpicados en el cristal; otra, unos cerditos rosas; una más, unos borregos blancos; y, la última, unas vacas de pintas negras muy graciosas.

Además, el dependiente al verme que observaba las botellas con gran curiosidad, se acercó y me dijo casi al oído:

–No se va a arrepentir. El vino es bueno y pronto se dará cuenta que las botellas son mágicas.

–¡Ojalá lo fueran! Para esconderme dentro de alguna de ellas. -respondí con nerviosismo, por su atrevido acercamiento.

Volteé de inmediato hacia él y me sorprendí al verlo ataviado con un extraño atuendo arabesco. En el supermercado no es raro encontrar gente vestida de caperucita, de oso, de pez o hasta de botarga gigante anunciando todo tipo de mercancía. Pero, ¿encontrar a un hombre disfrazado en una cava?, ¡eso sí era fuera de lo común y rayaba en lo ridículo!

–Lo que hacen los comerciantes para vender -dije para mis adentros.

Le agradecí la sugerencia y rápidamente tomé las cuatro botellas, las coloqué en una canasta y las pagué al salir del negocio. No sin antes comentarle a la cajera que era muy gracioso que hayan puesto a uno de los empleados o tal vez a un vigilante disfrazado de árabe en la cava. Ella, con una cara de sorpresa y sonriendo un poco, me comentó que no había necesidad de poner a alguien que cuidara de la cava. Y agregó:

–Contamos con cámaras de vigilancia y no hace falta tener a un policía para ese fin -comentó con amabilidad.

Le sonreí incrédula y me fui del lugar. Creí que era una empleada recién contratada y que no sabía mucho acerca de las novedades del negocio. Confusa y sin darle más importancia, después de unas horas, olvidé el incidente. Coloqué las botellas en nuestra cava de vinos donde aguardarían intactas a que llegara el tan ansiado día de nuestro aniversario.

Me senté frente a mi computadora para continuar con la escritura de mis cuentos, hasta que llegó mi esposo y le comenté la historia de las botellas. Al terminar mi relato, exclamó lo mismo que yo había dicho en el lugar donde las compré:

–¡Lo que tienen qué hacer los comerciantes para vender más! –y agregó– aunque, en realidad estas botellas son diferentes a todo lo que habíamos comprado. Así que probaremos nuevos vinos.

Llegó el día de nuestro aniversario y preparamos un salmón empapelado delicioso; una ensalada de lechuga con fresas, para acompañarlo; y, para el postre había comprado unas trufas de chocolate. Por supuesto, escogimos el vino de los peces color turquesa. Al terminar, quedamos muy complacidos con el vino y la comida cuya unión nos pareció perfecta.

–Ojalá que el maridaje entre las parejas fuera tan simple como el de la comida y el vino -comenté.

–Nosotros mismos lo volvemos complejo y en ocasiones muy difícil. En fin, creo que tú y yo vamos librando la batalla, día con día –dijo mi esposo, sonriente.

Una semana después de nuestra celebración, él debió dar algunas conferencias fuera del país. Mientras que yo aprovecharía su ausencia para hacer mi viaje y refugiarme en la Sierra Tarahumara. Ambos partimos el mismo día a distintos lugares pero nuestro retorno sería con unos cuantos días de diferencia.

Yo fui quien regresó primero a casa. Al entrar, dejé mi mochila en el sillón y lo primero que vi sobre la repisa fue la rosa que había dejado en la botella, parecía como recién cortada. Entonces, recordé al dependiente encargado de los vinos. Aquel hombre vestido de árabe, quien me había dicho que muy pronto me daría cuenta de que las botellas eran mágicas. En seguida, pensé que ojalá pudiera meterme en la botella y gozar de sus extrañas propiedades. Parecía como si la fuente de la longevidad estuviese frente a mí y yo sin poder sumergirme en ella.

–¡Qué envidia me das, hermosa rosa! –le susurré, al acercarme al preciado envase que la contenía. La contemplé por unos instantes y caminé hacia la escalera arrastrando mi maleta.

Subí a mi recámara para cambiarme, ponerme cómoda y descansar un poco de tan ajetreado viaje. Entre el largo recorrido sobre las vías de El Chepe, los taxis y el avión, mi cuerpo pedía clemencia; aunque también desbordaba felicidad, debido a que el propósito de mi ausencia se había cumplido y rebasado mis expectativas. El libro estaba listo para su edición.

Sin dejar de pensar en la botella, me acosté y vino a mi recuerdo la antigua serie de *Mi Bella Genio* que veía en la televisión cuando era niña. Desde aquellos años deseaba vivir dentro de una botella para que nadie me molestara. Alejada del exterior y de la gente. Con un espacio tan reducido que no necesitara más que mantener limpio unos centímetros y, de este modo, darme el tiempo suficiente para leer, escribir y cada día crear historias nuevas. Sin tener interrupciones, ni tampoco obligaciones o presiones impuestas por mis padres; es decir, con la libertad de hacer lo que se me diera la gana.

Al paso de unos minutos, caí en un profundo sueño.

Al día siguiente, desperté muy tarde. Aún soñolienta, abrí los ojos y desconocí mi recámara. Me vi apoltronada en una cama redonda y junto a mí, sentado en flor de loto, estaba el árabe de la cava. De un salto, bajé del extraño mueble circular y le reclamé su insolencia:

—¿Pero, cómo se atreve a entrar aquí?

—¿Cómo? Pero… si ésta es mi casa -respondió con una tranquilidad de santo. Y, alzando su diestra, como los toreros cuando brindan la corrida al público en general, me señaló todo el lugar.

Quedé boquiabierta al descubrir que varios peces azul turquesa salpicaban la transparente pared de ese espacio. Entonces me acerqué a ella y vi la sala de mi casa gigantesca; pero al voltear hacia arriba observé el largo cuello de la botella. No podía ser verdad que estuviese atrapada en ese lugar. Tenía que ser un sueño. Cubrí mis ojos con las manos y los froté para después abrirlos de nuevo, pero nada cambiaba y yo continuaba ahí. Volteé hacia el hombre con disfraz y le pregunté:

—Esto es un sueño, ¿verdad?

–¡No! Por supuesto que no. Cumpliré tus sueños, uno a uno. Vivirás dentro de la botella. Yo sólo estaré a tu lado por si requieres de algo, pero sin molestar. Y, también te concederé la petición de permanecer joven como la rosa que tanto envidiaste -dijo sin vacilar.

–¡En realidad, era un decir! –le contesté angustiada.

–Tus vehementes pensamientos, anteriores a la hora de dormir, fueron los que me llamaron para cumplir tus deseos.

–¡No, no quiero estar aquí! ¡Quiero salir de inmediato, por favor! –le supliqué.

De pronto, un fuerte ruido me distrajo. La puerta de la entrada a la casa se abrió. Sentí un alivio en mi corazón. Era mi esposo, quien anunciaba su llegada y no dejaba de buscarme por toda la casa. Por más que me esforcé en hacerle señas desde adentro de la botella, él jamás pudo verme. Mi tamaño era diminuto y pasaba desapercibida entre las paredes de cristal llenas de peces.

Además, él tenía el gran defecto, o la gran virtud, de no fijarse en las cosas simples de nuestro hogar. No detectaba si yo quitaba, ponía o cambiaba de lugar algo de la decoración dentro de la casa. Pero sabía a la perfección cuando se movían algunas de sus rocas, de los fósiles, de sus papeles o de sus libros.

Al transcurrir los días, notaba a mi esposo más envejecido. Según me había explicado Abdul, el árabe, que el tiempo del exterior de la botella corría más veloz que el del interior. Un año afuera equivalía, aproximadamente, a una semana adentro. Así que después de medio año, para mí –veintiséis años para mi esposo- él se fue de casa. No volví a verlo, al igual que a Abdul. Éste último sólo habitó unos días conmigo dentro de la botella. Jamás soportó que me pasara horas y horas escribiendo, a lo largo del día, sin que lo atendiera como a un sultán. Decidió, entonces, mudarse con Cecilia, la hermosa joven que vivía a dos casas de la mía, quien hacía poco tiempo había llegado de Londres. Yo continué enfrascada y viendo pasar el tiempo desde la repisa de madera colocada arriba del sillón de la sala.

Cierto día, un desconocido llegó con una mudanza. Entre varios hombres recogieron todo cuanto estaba en nuestra casa; lo empacaron, embalaron los muebles, los cuadros y algunos adornos. Sólo dejaron la basura apilada en el cuarto de servicio. ¡Ahí!, exactamente ahí fui a parar. Dando tumbos dentro de la botella, al lanzarme junto con un montón de cachivaches.

El recipiente, por primera vez en mucho tiempo, por fin quedó boca abajo. Por tal razón salí expulsada de inmediato al exterior y caí dentro de una vieja canasta de mimbre donde antes colocaba las frutas que comíamos durante la semana. Con trabajos salí del dichoso frutero lleno de utensilios de cocina inservibles. Me asomé para echarle un vistazo a la casa. El vecindario había cambiado por completo. Mis dos vecinas habían envejecido al igual que nuestras residencias; o, tal vez más.

Me senté para reanimarme de la enorme sorpresa. De pronto, como por arte de magia, fui aumentando de tamaño hasta volver a mi estado original. Casi paralizada por el dolor de dicho efecto, regresé al baño de servicio y eché un vistazo al espejo, antes de salir. El impacto fue enorme al verme tan joven como cuando me fui a refugiar a las Barrancas del Cobre. Pensé que sólo era el resultado de haber estado dentro de la botella. Que al salir envejecería al igual que cualquier mortal. Tal vez sólo eran divagaciones mías. Entonces, salí huyendo de ese lugar y, cuando ya casi llegaba al portón de salida del vecindario, escuché una voz femenina que desde su automóvil me gritó:

–¿Tía Miguelina, eres tú?

Paré mi marcha en seco y a paso lento me acerqué a ella.

–¿Pero, usted cómo sabe mi nombre? -pregunté asombrada a esa dama que rondaba la tercera edad.

–Soy tu sobrina Maru. -dijo, abriendo tremendos ojos- ¿no me reconoces? Yo te recuerdo con mucho cariño por las fotos que nos tomabas cuando éramos niñas. Pero… ¡tía, estás igualita!, como hace muchos años. Bueno, quise decir… ¡joven!

Me quedé sin palabras y con incredulidad me acerqué al espejo lateral de su auto para cerciorarme si era verdad lo que ella afirmaba. Al verme, constaté de inmediato lo que ya había visto en el espejo del baño. ¡Estaba en lo cierto!

—Pues sí Maru, ya sabes… la magia del buen vino hace milagros. Por cierto, te recomiendo uno, en cuyo diseño aparecen unos peces de color azul turquesa sobre el cristal transparente de la botella -le sugerí con un guiño y me fui.

EL RELOJ DE CUERDA

Tras la muerte del abuelo, quedé devastado. Al día siguiente, tomé su reloj de cuerda, mi brújula, un plano del País Vasco, mi cartera, la foto de mis padres con el abuelo, un par de mudas de ropa y salí de casa.

La buena relación que mantuve con él había prevalecido hasta su desaparición física de este mundo. Sus últimas peticiones y consejos, los plasmó con anterioridad en una carta que decía:

Querido Felipe, mi amado nieto: quiero que cuando me vaya, durante cuarenta días, dirijas tu vida siguiendo el rumbo que marque la manecilla grande de mi reloj y la traslapes sobre la carátula de tu brújula.

Cada vez que despiertes, estés donde estés y sea la hora que sea, seguirás el rumbo marcado por esa manecilla. Recuerda, ubica siempre el Norte primero y después haz la maniobra que te he pedido. Siempre estaré contigo. ¡Nunca lo olvides!

Te quiere infinitamente, tu abuelo.

El *"txirimiri"*, con su fina y apenas perceptible lluvia, no se detuvo desde su muerte hacía ya tres días; no obstante, me encaminé para cumplir su encomienda.

Me costó un gran esfuerzo seguir sus indicaciones. En ocasiones, sobre todo en los días en los que comía lo mínimo y sólo bebía lo suficiente para continuar mi camino, temía claudicar en tan enredosa tarea. Además, por momentos, sentía que todo era en vano. Por mucho esmero que pusiera en marcar los rumbos exactos de mis recorridos, éstos parecían erráticos. Creí que, burlonamente, el reloj y la brújula me ubicaban en el mismo lugar por el que, hacía un par de semanas, había pisado.

No obstante, después de los cuarenta días marcados por mi abuelo en su carta, coincidentemente, llegué a la cima de una montaña. Desde ahí, pude contemplar la extrema belleza de un atardecer cubierto por un velo de neblina, sobre el Atlántico. Quedé absorto dentro de ese maravilloso escenario. Comprendí que la luz del sol que se extinguía entre la bruma era el alma de mi abuelo.

Tranquilo, regresé a casa. Comprendí que mi viejo sabía que me sería muy dolorosa su partida y montó todo este teatro para evitarme un sufrimiento mayor.

Recordé, entonces, una ocasión en la que me dijo:

–*"La cuerda del dolor cede, cuando dejas de darle cuerda...*
como a mi reloj"

HIRIENTE SAPIENCIA

La humedad de las gotas del rocío matutino comienzan a hacer estragos en mi frágil cuerpo atrapado entre pegajosos hilos. Nadie me acecha, estoy sola. Sólo las hojas de las palmeras sostienen esta red concéntrica. Si trato de liberarme, me hago daño. Estas hebras se balancean al compás de mi movimiento; mas, no puedo desasirme de ellas. Pido ayuda y nadie responde. El hambre me invade. De pronto, se acerca la muerte. Vestida con su negro traje camina hacia mí, me clava su guadaña sin piedad. Siento mi cuerpo helado. Mis alas, rotas por la batalla, quedaron estampadas entre las hebras de su atractiva trampa. Habilidosa, camina sin problemas sobre su propia red. Espera paciente. Aún, no tiene hambre. Soy su reserva. De nuevo se aproxima acechante. Entonces, ya casi sin aliento, musité:

–¡Debí haber *uído!*

–¡Por supuesto!, aunque el hado marcó tu punto final, también te faltó la H del heroísmo para hacerlo. -respondió hiriente la muy sabihonda.

FRÍO

Nunca había tocado un cadáver, ni siquiera cuando falleció mi papá. Dicen que esa sensación que se percibe, aunque sólo sea al roce de un cuerpo sin vida, es estremecedora y la llevas grabada, de por vida, como un sello indeleble en tu alma. Esa era y sigue siendo uno de mis más grandes miedos.

Cuando fuimos a reconocer a la morgue del hospital el cuerpo de mi padre para poder sacarlo y llevarlo a la funeraria, no me atreví a tocarlo ni darle el último adiós con un beso. Sólo lo vi desde lejos. De inmediato pensé que los encargados de ese lugar eran unos malditos insensibles. Nos mostraron a papá en una sábana y posteriormente lo lanzaron a una plancha de acero, lo que originó el ruido más lastimero que hubiese escuchado antes. Ese estruendo ensordecedor que nos deja la muerte de un ser querido.

Eran los inicios del mes de octubre, mes en que la lluvia se presenta en episodios repetitivos como los actos de una pésima obra de teatro que se hace interminable.

Aquel día gris, como a eso de las siete de la mañana, tocó a la puerta de nuestro cuarto mi cuñado para darnos la fatal noticia. Él había ido a vivir a nuestro domicilio para cuidarnos hasta que dieran de alta a mi papá y pudiera regresar a casa después de su estancia en el hospital.

Para mis hermanas y para mí fue una gran derrota el final de esta lucha, nada equitativa para él. Había sido vencido por una enfermedad que jamás le ofreció ni la más mínima tregua. Fue despiadada y cruel como sucede en todas las guerras.

Precisamente el día anterior, mi tía Conchis nos propuso realizar un relevo nocturno. Ella se quedaría a cuidar a mi padre para que nosotros descansáramos de los turnos que nos habíamos autoimpuesto entre mis hermanas y yo. En fin, ella tuvo no sé si la mala o la buena suerte de estar con él en los últimos momentos de su vida. Y aunque sé que esos instantes habrían sido muy dolorosos para mí, hubiera preferido soportarlos para poder compartir algunos momentos con él, acompañarlo y estar al lado del hombre que truncó su vida personal para ofrecérnosla en su totalidad, después de la temprana huida de mamá hacia otros universos.

Me hubiera gustado leerle sus libros preferidos de mitología griega e incluso aquellos aburridos textos de filosofía que narcotizaban mi mente adolescente.

Hubiera deseado permanecer con él hasta que la llama de su corazón se extinguiera. No obstante, esos *hubiera* me hicieron sentir culpable durante muchos años pero, finalmente, comprendí que las cosas son como son y por algo no estuve presente. La falta de aire debido a sus afectados pulmones, no le permitió tener una muerte tranquila y verlo sufrir era lo último por lo que hubiese querido pasar.

Por la tarde, durante el velorio estuve horas y horas con la mirada fija en su rostro. Con el deseo de percibir aunque fuese una leve opacidad en el cristal de su féretro y constatar que estaba vivo y que lo sucedido no era más que una pesadilla o algún evento de catalepsia, como los de aquellas narraciones que él mismo nos contaba, sacadas de los libros de Edgar Allan Poe, acerca de esa enfermedad de la cual algunos escritores tomaban notas de sus efectos para, posteriormente, transformarlas en cuentos de terror. Pero, a diferencia de aquellos enfermos, en este caso todo permanecía igual. No se percibía cambio alguno.

Después de ese día, mis recuerdos se borraron. No se si comí, si dormí en la funeraria o en casa. No recuerdo dónde estuvieron mis hermanas. Lo único que recuerdo es el féretro y las dos ventanas, en ese segundo piso, que daban hacia la calle y desde donde me asomaba por momentos para despejar mi mente viendo el lento transitar de la gente y los vehículos.

Al día siguiente, por la mañana, salió el cortejo fúnebre hacia el panteón de Dolores. Buen nombre para un panteón -pensé- pues de dolores lo tiene todo. En primer lugar, exhumaron los restos de mi mamá para reunirlos con los de mi padre y procedieron a la inhumación conjunta. El recuerdo que tengo de la escena en ese sitio es ver a mis hermanas y a uno que otro hermano de mi papá con esos rostros de tristeza profunda. En seguida, la nada.

Más tarde, al llegar a casa, dormí tres o cuatro días seguidos. Al despertar, odiaba todo y a todos. Me asomaba a la calle y veía que todo seguía igual para los demás, menos para mis hermanas y para mí.

La gente reía, salía a trabajar, asistía a la escuela, comía, bebía y continuaba su vida como si nada hubiera pasado. Sentía que sólo a mí me dolía la muerte de mi padre y que a nadie más le interesaba. Es más, ni el cartero se había dado cuenta de lo sucedido, ya que todo el desenlace de su enfermedad se dio un fin de semana.

Algunos amigos de mi papá tampoco estaban enterados ya que sólo se veían de vez en cuando. Recuerdo a uno de ellos cuando llegó de visita, al saber la noticia, se dio la media vuelta y la cara desencajada con la que se retiró aún no la puedo olvidar.

En fin, han transcurrido tantos años en los que esquivé asistir a los funerales, hasta que un día me armé de valor y comprendí que todos somos transitorios en esta vida.

Ahora, creo que ese frío del que hablan aquellos que han tocado a un ser querido que se ha ido, lo he percibido en algún momento de mi vida. No hace falta que muera alguien amado para sentir el corazón congelado.

En la actualidad, decenas de años después de la muerte de mi padre, creo que he tocado con las palmas de mis manos una borrosa conciencia de vida. Me he sentido inmersa en la nada de este universo. He palpado la aniquilación total de mi ser. He acariciado el aparente cese de mis funciones vitales básicas. En pocas palabras, he rozado con mi índice el congelante frío de la indiferencia. He vivido una muerte simulada.

—¡Ese sonido me es familiar, cariño! -le dije a mi nieto cuando lo llevé a dar un paseo a caballo por la rivera del río, el domingo pasado.

Era el sonido de un golpeteo rítmico que se escuchaba cerca de las tierras que, en otros tiempos, habían pertenecido a mi abuelo.

Primero, creí que el ruido lo hacían las pezuñas de las vacas con las que nos topamos en el camino, al desplazarse sobre las piedras de la vereda. Después, pensé que podrían ser algunos niños, lanzando guijarros en las partes más someras de ese espejo de agua, jugando a los patitos. Aunque, dicho espejo estaba roto y sucio, listo para lastimar a cualquier ser viviente con sus afilados vértices venenosos e imposibilitado de reflejar a las nubes, al cielo o a los contados sauces que se inclinaban sedientos y enfermos sobre su serpenteante margen.

El sonido persistía como tañido de campanas en días santos. Volteé hacia todos lados y mi nieto preguntó:

—¡Abuela!, ¿qué buscas?

–Quiero saber de dónde viene ese sonido. -contesté.

–¿Sabes una cosa abuela?, ¡me gusta estar contigo en el campo! -comentó sonriendo y balanceándose en la silla de montar del flacucho equino, como si cabalgara en el más hermoso corcel.

–¡Qué bueno!, porque a mí me encanta verte feliz. -le dije haciéndole cosquillas en la barriga.

Continuamos nuestro recorrido hasta acercarnos lo más posible al lecho del río. Bajé a mi nieto del caballo y nos sentamos a comer unos trozos de sandía que llevé en unos vasos de plástico con tapa.

Mientras saboreábamos nuestro refrigerio trepados sobre una enorme riolita pulida por el agua durante miles de años, al otro lado del río vimos a una señora muy entrada en años que lavaba ropa hincada frente a una enorme laja.

¡Por fin, supe de dónde provenía el ruido! -dije para mis adentros.

Cada vez que la anciana impulsaba su cuerpo para tallar la ropa, la laja que le servía de lavadero golpeaba con otra que se encontraba a un lado.

–¡Buenos días, señora! -le dije- ¿No se le hace que el agua está muy sucia para que se ponga a lavar aquí?

–Pues sí, ¿pero, dime qué hago? Ayer no pude ir al ojo de agua que hay en el Sauz, me queda rete lejos y ya no puedo caminar tan girita como antes. Me gusta ir para allá, porque ahí vive mi hermana. Pero, ya tengo un buen rato que no voy a verla.

–Y, ¿dónde vive usted?

–Allá, en aquel rancho. -Señaló hacia el sur.

–¿Está lejos?

–¡No. Queda rete cerca mija!

–¿Gusta un pedazo de sandía? -pregunté.

–Si te la acepto, ¡hace rete harto calor! -contestó, al mismo tiempo que se limpiaba el sudor con su rebozo.

Atravesó el puente a paso lento y cruzó el río para encontrarse con nosotros. Dejó su ropa tendida al sol, para que se fuera despercudiendo y secando, mientras nosotros bajábamos de la enorme roca en dónde estuvimos sentados.

Mi nieto, de inmediato le ofreció sandía de su vaso, como si ya la conociera.

–¡Qué niño tan chulo! ¿Quién es? -preguntó sonriente.

–¡Es mi nieto! -contesté con orgullo y le comenté que lo había traído a pasear a la naturaleza, pues él vivía en la capital y no tenía oportunidad de hacer estos recorridos cerca de su casa.

–¡Qué bueno que vinieron para poder verlos! -dijo.

Ya sentados bajo la sombra de un sabino, observé cómo mi nieto se le acercó con familiaridad y, poco a poco, se colocó en su regazo.

Platicamos acerca de cómo había sido este lugar cuando ella era joven.

-El agua cristalina que traía el río, era hartísima. Para atravesarlo, como antes no había puente, cruzábamos en unas canastillas que colgaban de un cable de acero bien grueso. -Nos decía, con un tinte de temor aún reflejado en su rostro y acicalándose el cabello.

–¿Y qué había allá, junto a ese cerro?

–Todas esas tierras estaban muy coloridas. Sembrábamos alfalfa, sandías, melones, jícamas, frijol, maíz y harta verdura. Mirar todo esto, era como estar en el mismísimo Paraíso. -Comentaba, evocando emocionada aquellos días de abundancia.

–¿Oiga, y de qué más se acuerda?

–Pos de que aquí se le daba trabajo a mucha gente. Todos vivíamos en paz con nuestros vecinos y en santa paz con Dios. -Dijo, elevando los brazos al cielo.

Durante la plática, contemplamos las nubes, los cerros cercanos y la lentitud con la que se desplazaba el sediento río.

Sorpresivamente, mi nieto cayó dormido en sus brazos. Entonces, me despedí de ella y le dio un beso al momento de regresármelo.

Acosté al niño en un tapetito que había llevado para sentarnos en el suelo. Le agradecí a la señora por la plática tan amena que habíamos tenido y me dijo:

–¿Qué agradeces, mija?, si yo nomás vine a verte a ti y a conocer a este angelito tan chulo. Asombrada por sus palabras, en ese instante, no le di importancia.

Mientras ella regresaba, con su lento andar, al otro lado del río para recoger su ropa, me di a la tarea de asegurar al caballo para que después lo recogieran mis primos. Amarré bien el lazo de la rienda en el tronco del árbol, cargué en brazos a mi nieto y, en seguida, al iniciar el camino de regreso a casa de mi prima Ofelia vi cómo la anciana recogía, una a una, sus prendas. Hasta ese momento, fue cuando se me ocurrió preguntarle:

–¡Oiga, señora!, ¿Cómo se llama?

–¡Me llamo Francisca, pero me dicen Pachita!

En ese instante, me remonté de inmediato al pasado y pensé que era una extraña coincidencia. También a mi mamá le decían así, de cariño. Aunque, al transcurrir de los años, su rostro se esfumó de mi mente y por más que quiero, no la recuerdo.

Después de unos segundos, regresé al presente y volteé hacia donde estaba la anciana para volver a despedirme, pero grande fue mi sorpresa al ver que había desaparecido junto con la ropa y sin dejar rastro alguno de su presencia.

Sin embargo, las lajas que me habían llamado hasta aquí, continuaron emitiendo el mismo sonido. Ese compás con el que una madre arrulla a su hijo.

–¡Teniente, teniente! Queremos mostrarle lo que acabamos de encontrar en el búnker del fuerte, dentro de las celdas de aislamiento que se nos asignó restaurar.–, dijo el sargento Arias, atribulado por el hallazgo.

–¡Vamos, sargento! -respondió el teniente.

Al llegar al sótano del fuerte, descorrió la sábana que habían extendido encima del deteriorado cuerpo femenino cocido, casi en su totalidad, por la sal.

–Al lado del cadáver, encontramos esta bolsa de plástico con la libreta y una pluma adentro –externó un poco más tranquilo.

El teniente, tomó la libretilla con cuidado y la llevó a su oficina. Leyó párrafo tras párrafo de la deteriorada y angustiosa narración que decía así:

"Si alguien me encuentra, por favor comuníquenselo a mi esposo al siguiente teléfono.

Por suerte, siempre llevo conmigo un cuaderno de notas, la pluma que me regaló mi querida amiga Paty y una bolsa ziploc, donde guardo los apuntes que hago de los sitios en donde tomo fotos para recordar los nombres y las anécdotas que me suceden en mis viajes. De esta forma protejo mi libreta de la humedad y de la lluvia.

No supe cómo llegué aquí. De pronto resbalé y caí en este agujero donde quedé atapada. Mi cámara no resistió la caída y la única forma de documentar esta desgracia, es describir lo que me está sucediendo.

Creí que alguien escucharía mis gritos pero no fue así. El ruido del oleaje es muy fuerte, a tal grado que apaga mi voz e incluso mis gritos. Espero que al cerrar el fuerte revisen estos espacios y me saquen de aquí.

Cuando llegamos a visitar este sitio sólo faltaba un par de horas para que cerraran las puertas a los visitantes. Aún así, decidimos que lo recorreríamos. Era nuestra única oportunidad para sacar algunas fotografías de este histórico lugar, ya que permanecería cerrado por dos meses para su restauración. El año próximo Brasil cumplirá 295 años de haberse independizado de Portugal y quieren tener este recinto en perfectas condiciones.

Entramos al fuerte y con rapidez nos dirigimos en dirección al búnker. Mi esposo y yo tomamos diferentes rumbos dentro de este laberinto de habitaciones. Nos quedamos de ver afuera después de hacer las mejores tomas, según nuestra propia consideración.

Él seguramente pensó que yo me había salido antes y me había dirigido a tomar algunas fotos del embravecido mar; puesto que, desde antes de visitar el fuerte, el cielo amenazaba con descargar el agua de las nubes aglomeradas en torno a la bahía.

Escucho truenos y grito nuevamente para saber si alguien me escucha.

Aquí continúo.

Conforme transcurren las horas, el lugar se torna más fresco. Se debe al exceso de humedad. Las paredes rocosas transmiten el frío del mar Atlántico, a pesar de que afuera el clima es templado por la llegada del verano.

No escucho algún sonido diferente al del oleaje. Ese sonido que tanto amé y me tranquilizó en su momento, ahora me parece monótono y me atormenta.

La temperatura desciende, aún más, conforme llega la noche. Tengo hambre. Teníamos pensado cenar al terminar el recorrido pero ahora no sé qué pasará. En mi mochila sólo traigo media botella de agua y unas cuantas almendras que acostumbro llevar conmigo, casi siempre.

La noche ha llegado y tengo miedo. Grito de nuevo y nadie me escucha.

Los minutos se me hacen eternos. Golpeo la pared con mi botella de agua, pero nadie responde.

Guardo mi libreta y la pluma en la bolsa de plástico. Los agujeros de esta celda son pequeños. Me quedé sin luz para continuar escribiendo. Trataré de dormir un poco.

La luz del día comienza a entrar a esta celda por pequeños agujeros. Saco el cuaderno y la pluma para escribir lo que pasó ayer por la noche cuando mi miedo se convirtió en pavor.

El lugar se oscureció casi por completo, sólo se iluminó unos instantes con los rayos de la luna llena.

Me arrepiento de haber dejado mi celular cargando. Pensé que no lo necesitaría. Además, las señales se pierden con facilidad y evito llevar conmigo aparatos que, a fin de cuentas, estorban.

Anoche, en cada despertar, grité:

–¡Dios mío, ayúdame!, ¡No quiero morir aquí!

De pronto, sentí que mis tenis se comenzaron a llenar de agua.

Después de unos instantes, sin entender lo que sucedía, el agua continuó subiendo hasta llegar a mis rodillas. Y, en unas horas, cubrieron la totalidad de mis piernas.

El terror me invadió cuando el agua fría llegó casi a mi cintura.

Fatigada, con una posible hipotermia, con sueño y sin poder dormir, me di ánimos para permanecer despierta y evitar ahogarme, por si el agua alcanzaba mis hombros o subía aún más.

Estuve flotando y grité que no quería morir de esta forma y lejos de mi familia.

Continué flotando, no sé por cuánto tiempo. El movimiento del oleaje que empujaba el agua al entrar y salir por los orificios del piso, me lanzaba de un lado a otro. Me golpeé varias veces la cabeza contra las paredes. Viví una verdadera pesadilla.

De pronto comenzó a bajar el nivel del agua, con una lentitud desquiciante. La celda quedó con algunos charcos pero la humedad penetró las paredes. Los primeros rayos de sol me dieron esperanza de que alguien me rescataría. No obstante, hasta estos momentos, no ha sido así.

La piel me arde, tengo frío y mi ropa está mojada en su totalidad.

Grito de nuevo al escuchar movimiento en el fuerte. Sólo son rechinidos de puertas y fuertes ruidos de maquinaria que, de nuevo, apagan mi voz.

No sé de qué sean esos ruidos, ni qué esté sucediendo afuera.

Tengo hambre.

Comí las almendras y tomé el resto del agua.

Me quedé dormida.

No sé cuánto tiempo. Comienza a oscurecer otra vez.

Me despertó el agua fría sobre mi cuerpo tendido en el suelo.

Ahora entiendo que es la marea, que de nuevo hace su aparición.

El agua me cubre hasta la cintura.

Guardo en la bolsa de plástico mi cuadernillo de notas y mi pluma, únicos testigos de este infierno.

Ya no resisto.

Me doy por vencida.

Sólo quiero que mi familia sepa que los amé hasta el último instante de mi existencia."

Entonces, el teniente cerró el cuadernillo y por fin comprendió la insistencia de aquel turista, quien pedía lo dejaran entrar al fuerte para buscar a su esposa y a quien jamás se le permitió el acceso.

De inmediato, marcó al número del teléfono indicado por la mujer en su libreta. Al otro lado del auricular, respondió una voz masculina a la que le dijo:

—Soy el teniente Campos del Fuerte de Copacabana…